我想做一个
能在你的葬礼上
描述你一生的人

5

梁晓声 等著

中国致公出版社·北京

目录
CONTENTS

父亲的遗物 / 梁晓声	1
想起外婆吐舌头的样子 / 李娟	8
守灵的日子 / 王西兰	12
落在父亲生命中的雪 / 熊荟蓉	18
去往墓地的路上 / 叶文玲	23
三松堂断忆 / 宗璞	29
写给最思念的人 / 曹蓉	38
我和父亲浩然在通州的日子 / 梁春水	45
母亲，我不识字的文学导师 / 梁晓声	51
我的第一支钢笔 / 梁晓声	59
回家 / 杨亚雄	64

亡人逸事 / 孙犁	71
那边多美呀! / 刘心武	77
她就是她(节选) / 冯亦代	94
一封无处投递的信 / 冯亦代	98
有林林的日子里 / 李娟	104
家庭琐记 / 叶辛	113
永远的初恋 / 王蒙	120
"我的深情为你守候"(节选) / 钱理群	126
五分钟和二十年 / 乔叶	134
老人的爱情像核桃 / 乔叶	137

水仙辞 / 宗璞 142

在笑声中诀别 / 陈建功 147

没见过你的人不会明了 / 毛尖 156

"老哥"任溶溶 / 简平 161

永不熄灭的北极光 / 付帅 167

不老的钱理群 / 邵燕君 174

怀念,也是不能忘记的 / 韩小蕙 186

岁月深处的暖灯 / 赵丽宏 191

恩师袁鹰 / 赵丽宏 198

他步入了自己建造的天堂 / 叶廷芳 205

活在记忆中的先生 / 方宁 209

父母在,
　　人生尚有来处;
双亲去,
　　此生只剩归途。

父亲的遗物 / 梁晓声

我站在椅上打开吊柜寻找东西,蓦地看见角落里那一只手拎包。它是黑色的,革的,很旧的。拉锁已经拉不严了,有的地方已经破了。虽然在吊柜里,竟也还是落了一层灰尘。

我呆呆站在椅上看着它,像一条走失了多日又终于嗅着熟悉的气味儿回到了家里的小狗看着主人……

那是父亲生前用的手拎包啊!

父亲病故十余年了,手拎包在吊柜的那一个角落也放了十余年了。有时我会想到它在那儿。如同一个读书人有时会想到对自己影响特别大的某一部书在书架的第几排。更多的日子里更多的时候,我会忘记它在那儿。忘记自己曾经是儿子的种种体会……

十余年中,我不止一次地打开过吊柜,也不止一次地看见过父亲的手拎包。但是却从没把它取下过。事实上我怕被它引起思父的感伤。从少年时期至青年时期至现在，我几乎一向处在多愁善感的心态中。我觉得我这一个人被那一种心态实在缠绕得太久了。我怕陷入不可名状的亲情的回忆。我承认我每有逃避的企图……

然而这一次我的手却不禁地向父亲的遗物伸了过去。近年来我内心里常涌起一种越来越强烈的倾诉愿望。但是我却不愿被任何人看出我其实也有此愿。这一种封闭在内心里的愿望，那一时刻使我对父亲的遗物倍觉亲切。尽管我知道那即使不是父亲的遗物而是父亲本人仍活着，我也断不会向父亲倾诉我人生的疲惫感。

我的手伸出又缩回，几经犹豫，最终还是把手拎包取了下来……

我并没打开它。

我认真仔细地把灰尘擦净，转而腾出衣橱的一格，将它放入衣橱里了。我那么做时心里很内疚。因为那手拎包作为父亲的遗物，早就该放在一处更适当的地方。而十余年中，它却一直被放在吊柜的一角。那绝不是该放一位父亲的遗物的地方。一个对自己父亲感情很深的儿子，也是不该让自己父亲的遗物落满了灰尘的啊！

我不必打开它，也知里面装的什么——一把刮胡刀。在我很小的时候，就见过父亲用那一把刮胡刀刮胡子。父亲的络腮胡子很重，刮时发出哧啦哧啦的响声。父亲死前，刮胡刀的刀刃已被用窄了，大约只有原先的一半那么宽了。因为父亲的胡子硬，每用一次，必磨一次。父亲的胡子又长得快，一个月刮五六次，磨五六次，四十几年的岁月里，刀刃自然耗损明显。如今，连一些理发店里，也用起安全刀片来了。父亲那一把刮胡刀，接近于文物了……

手拎包里还有一个小小的牛皮套，其内是父亲的印章。父亲一辈子只刻过那么一枚印章。木质的，比我用的钢笔的笔身粗不到哪儿去。父亲一生离不开那印章。是工人时每月领工资要用，退休后每三个月寄来一次退休金，六十余元，一年仅用数次……

一对玉石健身球。是我花五十元为父亲买的。父亲听我说是玉石的，虽然我强调我只花了五十元，父亲还是觉得那一对健身球特别宝贵似的。他只偶尔转在手里，之后立刻归放盒中。其中一只被他孙子小时候非要去玩，结果掉在阳台的水泥地摔裂了一条纹……

父亲当时心疼得直跺脚，连说："哎呀，哎呀，你呀，你呀！真败家，这是玉石的你知道不知道哇！……"

再有，就是父亲身份证的影印件了。原件在办理死亡证明时被收缴注销了。我预先影印了，留作纪念。手拎包的里面，还有一层。那拉锁是好的。影印件就在夹层里。

除了以上东西，父亲这一位中国第一代建筑工人，再就没留下什么遗物了。仅有的这几件遗物中，健身球还是他的儿子给他买的。

手拎包的拉锁，父亲生前曾打算换过。但那要花三元多钱。花钱方面仔细了一辈子的父亲舍不得花三元多钱。父亲曾试图自己换，结果发现皮革已有些糟了，"咬"不住线了，自己没换成。我曾给过父亲一只开什么会发的真皮的手拎包。父亲却将那真皮的手拎包收起来了，舍不得用。他生前竟没往那真皮的手拎包里装过任何东西……

他那只旧拎包夹层的拉锁却是好的。既然仍是好的，父亲就格外在意地保养它，方法是经常为它打蜡。父亲还往拉锁上安了一个纽扣那么大的小锁。因为那夹层里放过对父亲来说极重要的东西——有六千元整的存折。那是父亲一生的积攒。他常说是为他的孙子我的儿子积攒的……

父亲逝前一个月，我为父亲买了六七盒"蛋白注射液"，大约用了三千元钱。我明知那绝不能治愈父亲的癌症，仅为我自己获得到一点儿做儿子的心理安慰罢了。父亲那一天状态很好，目光特别温柔地望着我笑了。

可母亲走到了父亲的病床边，满脸忧愁地说："你有多少钱啊？买这种药能报销吗？你想把你那点儿稿费都花光呀？你们一家三口以后不过了呀……"

当时，已为父亲花了一万多元，父亲单位的效益不好，一分钱也没给报销。母亲是知道这一点的。在已无药可医的丈夫和她的儿子之间，尤其当母亲看出我这个儿子似乎要不惜一切代价地延缓父亲的生命时，她的一种很大的忧虑便开始转向我这一方面了……

当我捧着药给父亲看，告诉父亲那药对治好父亲的病疗效多么显著时，却听母亲从旁说出那种话，我的心情可想而知……

仰躺着已瘦得虚脱了的父亲低声说："如果我得的是治不好的病，就听你妈的话，别浪费钱了……"

沉默片刻，又说："儿子，我不怕死。"

再听了父亲的话，我心凄然。

那药是我求人写了条子，骑自行车到很远的医院去买回来的呀！进门后脸上的汗还没来得及擦一下呀……

结果我在父亲的病床边向母亲大声嚷嚷了起来……

"妈妈，你再说这种话，最好回哈尔滨算了……"

我甚至对母亲说出了如此伤她老人家心的冷言冷语……

母亲是那么的忍辱负重。她默默地听我大声嚷嚷，一言不发。

而我却觉得自己的孝心被破坏了，还哭了……

母亲听我宣泄够了，离开了家，直至半夜十一点多才回家。如今想来，母亲也肯定是在外边的什么地方默默哭过的……

哦，上帝，上帝，我真该死啊！当时我为什么不能以感动的心情去理解老母亲的话呢？我伤母亲的心竟怎么那么的近于冷酷呀？！

一个月后，父亲去世了；母亲回哈尔滨了……

心里总想着应向母亲认错，可直至母亲也去世了，认错的话竟没机会对母亲说过……

母亲留下的遗物就更少了。我选了一条围脖和一个半导体收音机。围脖当年的冬季我一直围着，企图借以重温母子亲情。半导体收音机是我为母亲买的，现在给哥哥带到北京的精神病院去了。他也不听。我想哪次我去看他，要带回来，保存着。

我写字的房间里，挂着父亲的遗像——一位面容慈祥的美须老人；书架上摆着父亲和我们兄弟四人一个妹妹青少年时期的合影，都穿着棉衣。

我们一家竟没有一张"全家福"。

在哈尔滨市的四弟家里，有我们年龄更小时与母亲的合影。那是夏季的合影。那时母亲才四十来岁，看上去还挺年轻……

父亲在世时，常对我儿子说："你呀，你呀，几辈子人的福，全让你一个人享着了！"

现在上了高三的儿子，却从不认为他幸福。面临高考竞争的心理压力，儿子过早地体会了人生的疲惫……

现在，我自己竟每每想到"死"这个字了。

我也不怕死。

只是觉得，还有些亲情责任未尽周全。

我是根本不相信另一个世界之存在的。

但有时也孩子气地想：倘若有冥间，那么岂不就省了投胎转世的麻烦，直接地又可以去做父母的儿子了吗？

那么，我将再也不会伤父母的心了。

在我们这个阳世没尽到的孝，我就有机会在阴间弥补遗憾了。

阴间一定有些早夭的孩子，那么我愿在阴间做他们的老师。阴间一定没有升学竞争吧？那么，孩子们和我双方的教与学一定是轻松快乐的。

我希望父亲做一名老校工。

我相信父亲一定会做得非常敬业。

我希望母亲为那阴间的学校养群鸡。母亲爱养鸡。我希望阴间的孩子们天天都有鸡蛋吃。

这想法其实并不使我悲观。恰恰相反，常使我感觉到某种乐观的呼唤。

故我又每每孩子气地在心里说：爸爸，妈妈，耐心等我……

二〇〇〇年三月二十日

想起外婆吐舌头的样子 / 李娟

想起外婆有个习惯性的小动作,就是吐舌头。通常这一动作会出现在她老人家做了错事之后。而她做了错事通常会先掖着瞒着。比如打碎了糖罐子,就悄悄把碎片扫一扫,剩下的糖撮一撮,换个一模一样的罐子装了原样摆着。直到你问她:糖为什么突然少了半罐子?她才吐吐舌头,笑眯眯地坦白。

金鱼死后,鱼缸一直空在那里,空了很久。有一天却发现鱼缸有些不对劲儿,似乎缩小了许多。端起来左看右看,没错,是瘦了两三寸。逮住外婆一问,果然,是她老人家打碎后又悄悄去市场买回一个。大约是原样大小的有些贵了,便买了小一号。还自以为神不知鬼不觉呢。当然,被揭穿后,也只是吐了一下舌头而已。

吐舌头的外婆，飞快地把舌头吐一下，"对不起"和"气死你"两种意味水乳交融。而且又吐得那么快，一转眼就神情如故。该干什么干什么去了。休想让她为做错的事情多愧疚一丝一毫。

然后又想到外婆的竹林。

老家不是我的老家，我从没有在那里生活过。但想到外婆正是在那里的一间老瓦房里生活了近半个世纪，就觉得那里实在是一个无比温柔之处。老屋前前后后种着重重竹林，我从坡上走下来，一走进竹林，就听到外婆的声音。她正在塌了半边的老屋门口和一群乡下女子说笑。她手持长长的竹竿（后来，她用这竹竿为我从橘子树上捅下来许多鲜艳的橘子），站在那里大声揶揄其中一个女邻居，好像是在模仿她夫妻俩之间的什么事。所有人笑得前仰后合。那女人又急又气，抡起巨大的竹扫帚挥打外婆的屁股。我站在半坡的竹林里看了好一会儿。当外婆和我们一起生活时，我们是否也给过她同样的快乐？那时她八十五岁了，已经离开我们两年，独自回到乡下的旧居，在仅剩的半间老屋里生活。

我一边大声喊外婆，一边从坡上走下来。所有人都回头仰望我来的方向。外婆答应着，意犹未尽地继续数落着那个女人，继续大笑，一边向我迎上来。我从上往下看到旧屋天井里的青石台阶，看到一根竹管从后山伸向屋檐下的石槽，细细的清泉注满了石槽。世界似乎一开始就如此古老。

从来没想过，离开熟悉的地方会是这么可怕的事情！外婆终究没能老在老家的坟山里。她孤零零地被埋在万里以外的戈壁荒滩中。好像她在死之后还得再重新开始一场适应新生活的漫长过程。好像她孤独的、意志坚决的一生仍不曾结束。

之前两天，我急赶慢赶，还是晚了一步。差了十个钟头。接到噩耗后，我仍然坐在夜班车上继续往家赶，往已经死去了的外婆身边赶。我知道她还在等我。我不能勘破生死，但也能渐渐明白死亡并不可怕。死亡不是断然的中止，而是对另外一场旅行的试探吧？外婆死前有那么多强烈的意愿。她挣扎着要活，什么也不愿放弃。她还有那么多的挂念。然而一旦落气，面容那么安和、轻松。像刚吐完舌头，刚满不在乎地承认了一个错误。

死亡之后那辽阔空旷的安静感，是外婆最后为我所做的事情。以前念小学的时候，很多个清晨我起床一看，早饭又是红苕稀饭和酸菜。就赌气不吃，饿着肚子去上学。因为我知道，不一会儿，外婆一定会追到学校来给我捎一只滚烫的红糖锅盔……那时我都上六年级了，六年级班设在六楼。八十岁的外婆，怀里揣着烫烫的锅盔，从一楼开始慢慢地爬楼梯。在早自习的琅琅书声中，一阶一阶向上。爬啊爬啊，最后终于出现在六楼我的教室门前……那是我所能体会到的最初的、最宽广的安静感……在外婆给我带来的一场又一场安静之中，生命中的恶意一点点消散，渐渐开始澄明懂事起来。今天的我，似乎达到了生命中前所未有的勇敢状态，又似乎以后还会更加勇敢。

又想起那一次，我拎了一只公鸡去乡下看外婆。独自走过漫长孤独的山路，几经周折才找到陌生的老屋。外婆迎上来对我说："我很想你，我天天都在想你。"

外婆你不要再想我了，你忘记我吧！忘记这一生里发生过的一切，忘记竹林，忘记小学校的六楼。吐一吐舌头，继续你绵绵无期的命运。外婆，"痛苦"这东西，天生应该用来藏在心底，悲伤天生是要被努力节制的，受到的伤害和欺骗总得去原谅。满不在乎的人不是无情的人……你常常对我说：娟啊，其实你不结婚也是可以的，不生孩子也是可以的。你不要受那些罪了。你妈妈不晓得这些，我晓得的……外婆，现在我才渐渐有些明白了你的意思，虽然我现在还是一团混沌，无可言说，无从解脱。但能想象得到，若自己也能活到九十六岁，仍然清清静静、了无牵挂，其实，也是认认真真对生命负了一场责。最安静与最孤独的成长，也是能使人踏实、自信、强大、善良的。大不了，吐吐舌头而已……

守灵的日子 / 王西兰

母亲，去了。

尽管近几年来时刻都有这样的危险和准备，但我们不能相信她就这样去了。那天晚上吃过饭，母亲围炉坐着，忽然头一歪，喉咙呼呼作响，口吐白沫，不省人事。急急忙忙送到医院，吸氧输液，抢救了整整一夜。第二天一早，她停止了呼吸。

脑溢血，脑血管硬化最常见的结局。

她就这样去了，去得这样简单。

这一向母亲身体很好。几天前，我与母亲说笑——虽然她已口齿不清，但依然需要说笑。母亲说：小时候给你算卦，说你能当官，但只能活到四十岁。我说我虽没有当官，可今年也够四十岁了，那卦要准，今年就活不成了。母亲笑笑，说：你怎么能死。要死,我给他们说说,让我去替你。我心头一颤,不觉戚然,为之动容,说:要是真能替,应该我替你。母亲还是笑笑。就在那天接到一位远亲给母亲寄来的60块钱。母亲当即给孙女儿20块,另外40块让寄给远在外地读书的孙子,不好意思地说:亲孙子命根子,我就是有些重男轻女。我说给你留点,她笑笑:"我还要钱做什么?"过两天后,村里一位亲戚来看她,报来个喜讯,他儿子近日要结婚。母亲就命我去买一块绸被面作礼物。那亲戚邀她到时候去吃喜酒。母亲说:我不能去了,这里一家人都不能去了。你好好给娃过事。这话说过不几天母亲就出了事。母亲出葬那天,正是人家娃结婚的日子。当然我们全家不能去吃喜酒,那人家里大喜日子还得派一个代表来给母亲送葬。

她就这样去了,去得又这样神秘。

母亲做事,总是这么神神秘秘,神经兮兮。吃食堂饭的时候,村人见她干净,推举她进食堂做饭。事务长是个远房亲戚,平日来往甚好,忽一日吵了架,惊动了全队来吃饭的几百口人。大家说保准是事务长办差了事,那女人绵善性子,几时见发这么大火来?弄清了原因,都不禁哑然失笑:原来是事务长早上看见面瓮里钻进一只老鼠,猛地就用蒲篮扣住,活捉了,就便在油缸里蘸了,放在火盆里点着,把那老鼠烧得团团转。母亲见了,拼命去灭那火,随即就破口大骂,当下吵得昏天黑地。于是大家说是她不对。母亲不忿:"咋能不吵?你不知道我儿属鼠?"

——我是1948年生,属鼠,母亲在家里就定了一条王法:不准打老鼠。可这里是公共食堂,怎能不打老鼠?母亲仍要强词夺理:"老鼠是灵物,长得也有灵性,要不咋就排了十二属相的头一位?你看那猪,又脏又丑,怎不排到后头去?"大家笑她迷信。过几天是清明,父亲要我清早就去扫墓。那时候地里露水正大,我脚上两天前擦破了点皮,母亲不愿让我沾了水,坚持要等晌午了再去。父亲说,哪有晌午才扫墓?祖先神灵早等得不耐烦了,要责怪的。母亲一脸严肃:"啥?新社会毛主席不让迷信,你还说什么神灵鬼怪!"父亲只好苦笑:"你这人,不该迷信的你迷信,该迷信的你又不迷信了。"

迷信不迷信,母亲的需要不在神灵,而在她的儿子,我。

自我上了学,一到放学时候,她就在门口等着。如果我要是不在放学队伍里,她就急着问:"我儿子咋了?"同学们回答一声:"老师留下了。"她才放心回去备饭,脸上是极自得的模样:我学习成绩极好,不会因为功课做不出留我,每次留下都是协助老师辅导功课落后的同学。我上高小后,食宿在校。高小在王村,王村在我们村子西边,相距二里路。每逢星期六下午,她就在村西路口等着。等我上了初中,又到了于乡镇。后来又上高中,仍在于乡车站下车,她就又在村南路口等着。一连六年下来，把村南头的地亩、场院、人家都熟悉得跟自己家一样。哪块地种啥庄稼，哪片场里有一处低洼存了水，谁家儿婚女嫁老人患病，她都清清楚楚。村里人没有星期概念，一见母亲停立在村南路口，就知道：今天星期六了，明天礼拜天了。到如今村里人问："哪一天星期？"就有人回答："又没有西兰妈了，谁知道哪一天星期？"村里一位复员军人，笑话母亲，说她是转移阵地："等你儿上了大学，你又该转移到村北头了？"北京不管多远，总在我们村北，人们认为我一准会考上北京的大学。母亲就笑，毫不否认："那是当然。"1966年冬，逢上串连，我去了北京、上海，一连两个月在外头经风雨见世面，点燃革命烽火。母亲着了急，天天去村口，有时竟跑了几里路到火车路旁，一见学生模样的人就问："见我儿子没有？他上井冈山去了。"打着红旗、扛着行李的学生娃们只是苦笑，当她是有神经病。这以后大学没上成，母亲也就没转移到村北头去，到临死村北头地是个啥模样她也说不清，谁家在那里住她也不知道。她原本不爱出门闲逛。

　　神经不神经，母亲的表现不在有病，而在她的儿子，我。

　　我扶母亲的灵柩回了村里，停放在上房，一时举哀，哭声满院，屋里门外灵幡白帐。我在灵前跪草，已哭不出声，只是默默流泪。自母亲头夜昏迷过去，我就知道不好，流泪就没有停过。

这会儿昏昏沉沉，也不知身在何处，今夕何夕。心里只想，母亲死了？母亲死了？我再也没有母亲了？我不相信母亲死了，可母亲的尸身就停放在我身边，再不愿意相信也不能不信。我不让人们按乡俗那样，在母亲脸上盖张白纸：母亲在家只有三天时间就要下葬，怎能不让我时时看着母亲慈爱的面容？村里丧事是很复杂忙乱的，管事的人不时要征求我对处理什么事的意见。我一片茫然，也不知回答了什么还是根本就没有回答。我只沉浸在巨大的悲痛中，什么事情我也不清楚了。

忽然有人轻轻推我，定睛一看，见一碗热腾腾的荷包鸡蛋端在我面前。抬起头，见是大妗，凄苦的脸，蓬乱的白发，我不由得想哭。一见到平日与母亲过从甚密的老妇人我都想哭。

我说我不想吃。

"你吃。"大妗擦把泪，"这是你妈让做的，你得吃。"

母亲让做的？我不由得满心疑问。母亲已经死了，我再也没有母亲了，不会有母亲再在村口等我，也不会有母亲再为我打荷包鸡蛋！

是你妈让我做的。大妗向我解释：你妈怕她死了，你哭得难受吃不下饭，让我到时候给你打荷包蛋。你妈说："打四个，哪怕一天吃不上饭，我娃也能顶住！"

正说着，二妗也进来，也端着一个碗：热气腾腾的，也是四个荷包蛋!

默默半天，二妗才说了原因：原是母亲怕大妗年纪大，常忘事，又跟二妗嘱托："埋我的时候你啥都别管，只要记住这事。"

我一阵鼻酸，问母亲什么时候说起这事。她死得很突然，又是在县城里。

大妗二妗都说，见了就叮咛，最早是在七年前。

七年前！我不由大恸。七年前母亲得了脑血栓，那时候她就交代了到时候给我煮几个荷包鸡蛋!

母亲没死！她仍然在为我打荷包鸡蛋！虽然她的灵柩已经停放在上房，但她仍然惦记着我，直到她死后，直到永远。

一连三天，我就只吃煮荷包蛋，哪怕那腥味直叫人反胃，我也强忍着吃下去。我不能辜负母亲的一片爱意，不能拂了母亲一番苦心。何况，母亲终究已是死了，这已是我最后一次享受母爱。从此后儿行千里归来，只能见到空旷的村口。从此后要吃碗母亲的荷包鸡蛋，只有在依稀的梦中……

我把母亲的遗像挂在屋里墙上。母亲留给我一柄楠木刷子，就放在床头。回到村里，我总要到母亲坟前，默然肃立一会，然后添两锨土。吃饭时，就把头一碗饭，献到供着母亲灵位的桌上。我总觉得，母亲，还在我身边。

不，而是，母亲总在我心里。

落在父亲生命中的雪 / 熊荟蓉

"落在一个人一生中的雪,我们不能全部看见。每个人都在自己的生命中,孤独地过冬……"

这是新疆作家刘亮程在《寒风吹彻》里的一段话。父亲节来临之际,它催生了我潜藏的泪水,将我带进那久远的艰难岁月,也让我分外清晰地看到了那些落在父亲生命中的雪。

查出心脏病和高血压时,父亲才三十出头,我刚上初中。那时候的秋天好像特别冷,九月一开学就需穿上夹衣了。我每周都要穿过四五里长的田间小路回家,带一罐头瓶腌菜和五毛零花钱返校。

开学不久后的一个周末,我回到家,意外听到母亲边哭泣边说:"你这病要长期吃药,又不能负重,卖棉花的白条不晓得哪天能兑现,我看就让蓉儿去学裁缝吧。湾子里就她一个姑娘在读书了……"

父亲的声音干脆利落:"蓉儿聪明,是读书的料。这话以后不要再提。我这病一时半会儿也不会要命,咱们悠着点,日子能过得去的……"

我装作什么也没有听见,径去厢房找饭吃。只是后来在返校时,拒绝接受父亲递过来的五毛钱。父亲没有勉强,他默默推出自行车,送我上学。

乡间土路,逼仄坑洼,一边是水沟,一边是田地。自行车新买才半年,父亲车技不佳。我在车后座上摇晃,提心吊胆。

过谭湖段时,猛一阵颠簸,父亲连人带车翻到田里。我只是被稻草的残楂扎了一下,并无大碍。父亲却歪在车下,挣不起身子来。

在我的帮助下,父亲才重新站起来。他拍拍身上的泥土,有些尴尬地笑了笑,随即提出要我坐在车上,他继续推车行进。

我说学校快到了,要他先回去。他没有坚持,叮嘱我好好念书,就掉转车头。

绚烂的夕光中,他飘摇在自行车上的黑瘦的背影,显得那么单薄而苍凉。我不忍看第二眼,拔腿朝学校奔跑。

回到学校,在书包的夹层里,我发现了五毛钱,显然是父亲放的。每周的这五毛钱，是用来补充维生素的。

那时候，我们是自己淘米用铝盒炖饭吃。下饭的菜，就是从家里带来的酱萝卜、洋姜、梅干菜之类。条件好点的，可能会带些榨菜炒肉、干鱼什么的。父亲说光吃腌菜不行，要我打点青菜补充维生素。

五分钱一个的青菜，我过去就舍不得买，现在更不会了。我的零用钱都是花在买纸笔和蜡烛上。晚自习下课后，教室就停电了。还想学习，就只能点蜡烛。一支蜡烛八分钱，能点两个晚上。

直到现在，我都记得蜡烛那淡淡的熏香味，记得镜子里那黢黑的鼻孔眼，记得考了好名次后老师那高分贝的表扬，记得同学们那嫉妒的眼神。

说到底，那时我更沉浸于小我的感受，并深以自己的刻苦努力为荣。当我朝着自己的目标坚定奋斗的时候，我看不到落在父亲身上的雪，那沉甸甸的雪。

又一个周末回家，见到一脸苦相的大舅正在堂屋里跟父亲说着什么，然后，父亲就折回房里拿出一张条子交给他："这是一百五十块，你先对付一下。以后，再不要赌了……"

大舅走后，母亲就嘟哝开来："我们的日子都愁得没有法子，你倒是会做好人，给他钱去丢到无底洞里……"

父亲沉下脸:"你忍心看着你兄弟被别人下胳膊下腿吧!他求到我们这里了,总不能让他空着手回去。"

然而,父亲的不忍,终是将自己拖进了更深的冬天。那时候,除了田地的收入,再没有其他来钱的途径。家里意外支出的这一百五十元钱,只能通过精打细算、节衣缩食来弥补了。

那一个秋冬,我们连红薯和甘蔗都没有吃足,更不谈鸡蛋和面饼了。所有能换钱的东西,都被父亲打进了算盘。

红薯和甘蔗都择优下了窖,留待正月里卖钱。芋环、慈姑各留了两碗,用来请拜年客。花生就炒了一筛子,过年塞了一下牙缝。元宵节,我们甚至连蒸肉都没吃一片。就是这样,我还是听到父亲对母亲说:"我们只有九十块钱了。"

记忆中,每年的元宵节晚上,父亲都要跟母亲交家底。在二十世纪八十年代初期,我们姐弟每学期的学费就得二三十元,还有种子、农药、化肥,以及亲戚六眷的红白礼金,都是逃不脱的开支。我不晓得父亲是怎么用这九十元将全家渡过来的。

有一点可以肯定,父亲没有向别人借钱。

父亲外表瘦弱,骨子里却硬气得很。他一生都没有向任何人借过一分钱。家里做了两栋房子,都是把材料和钱攒齐了才开工。对家庭事务,他长计划短安排,从不打无准备之仗,后来,即使下了辞世的决心,也是把自己的丧葬费用凑够了才出发。

父亲总是说:"节省要从坛子口开始。"意思是等一坛子米快吃完了,再节省就没有用了。所以,我们吃过麦米粥、杂粮焖饭、高粱粑子,但我们家的大米缸,从未空过。我们穿过补丁缀补丁的衣裤,但我们的冬天,从未冻过。

然而,我们生命的每一抹暖阳、每一缕清光,其实都是父亲用孤独的雪擦亮的。现在,当我为了给儿子买房,而甘愿长年累月地躬耕匍匐,每天忍受十几个小时的煎熬时,我总是想起父亲,想起他为我们所默默承受的苦,那些不曾诉说的累,那些悄悄化掉的冰……

父亲,一直都在自己的生命里,孤独地过冬。落在他一生中的雪,今天,终于被我看见。而我,又如何来为他生一小炉火,披一件寒衣?

去往墓地的路上 / 叶文玲
——母亲周年祭

去往墓地的路上,小弟说起了拂晓时分的梦,梦得那么真切,梦见母亲你对他诉说的桩桩未了心事,梦见你对他说的点点滴滴……

我无言,眼泪滴在心里。像小弟这样真真切切的梦,母亲,你何不让我也做一个?就是为了等待你的周年忌日,我才回故里守了半月有余呵!

其实我无由嫉妒小弟,其实母亲你也曾多次出现在我的梦中,特别是今年清明前后。我知道母亲你不责怪我没有在第一个清明节如期前来扫墓。你知道我为公事外出他乡,于是,你总是一如既往地原谅我,于是你出现在我的梦中时也一如既往。只是向我表示对我突然归家探看你的惊喜;只是急急切切地询问我这一次到底能住几天？然后便是那声长长的揪我心肺的叹息。

母亲，你我之间，这一套见面对话的程序，几十年来早为你我熟络，只是我纵然念念于心却总也没法消减心头的愧疚。虽然调回南方，我依然无法侍奉在侧，我只能从你的叹息里品味着你的依然孤独，品味着一个双目失明的八旬老人的孤独。你最喜欢相处的儿女离你最远，你的一切为儿女着想的品性，又令你拒绝我可能为之的操劳。于是每次每次，我只能心酸而又愧疚地咀嚼你的这声叹息，每次每次，我总是为无法使你不再叹息而久久地心酸愧悔。

去往墓地的路上，我无法不忆起去年的今天。母亲，四百余自发集合来为你送葬的父老乡亲，切切说明了你的人缘。从老宅门口直往东门桥畔的长长队列，在细风细雨中伴你走向安眠的青山，令我们做儿女的感涕不已。母亲，淳厚的乡亲以他们最纯朴的方式表达了他们对你的全部感情，表达了他们对一个聪慧善良经历坎坷的乡间绣花女、裁缝师的全部尊敬。母亲，几十年来，声名赫赫的逝者葬礼，我见得多多，作为一个普通平凡的母亲，你在人世的最后一程，走得辉煌，毫不逊色。

母亲，就在送你的最后一程中，我再次默想了当年为你选择这方长眠之地的用意——墓地周遭的地场，虽然所剩无多，但以后再葬埋我们兄妹七个的骨灰绰绰有余。生前未能侍奉，死后我们但愿永远团团簇拥你。

　　去往墓地的路上，我再次忆起你生前最爱吟咏的两句小诗：日日开门望青山，青山问我几时闲？别人曾诧异只读过两年私塾的你，何以能吟出这样意味隽永的诗句？我不惊异。母亲，熟读了你的一生，我知道幼失怙恃被姨妈收养的你，六岁便习女红，精研刺绣，技艺高超，举凡花卉禽鸟千姿百态，入目均可入绣。如此聪慧过人勤劳节俭的你，才有后来磨难叠至坚忍不拔的意志；才有赤手持家，一根银针成衣万千，夙夜劳作，养育七个子女的本领。母亲，胸怀宽厚、敬老以礼、爱幼以慈、待人以仁、助人以义的你，常使邻里受惠。无怪你在来杭就医时，不以自身病苦为念，却殷殷关切同室贫病女孩，慷慨赠金。母亲，你一生豁达，才有如此高雅的襟怀。为此，我不能不再次想起你素来的热情开明：新中国成立前，你冒险接待党的地下工作者，为他们亲制茶饭，做最可口的羹汤麦饼；鼓励大姐投奔游击纵队时，你让她偷偷带走的那块包袱皮上，也有你精心绣制的鸟衔红梅……

　　去往墓地的路上，我无法不想起我们对你的亏欠：母亲，你的双眼是生生为我们累瞎的。在那些艰难岁月，夜以继日地缝纫劳作，在那些朔风刺骨寒霜如冰的深夜和黎明，母亲，你顾不得歇一歇你酸乏昏花的双眼，却时时担忧我常常发作的关节疼痛；母亲，在那些母女相伴飞针走线的日夜劳作里，我记住了生活的沉重和你的全部苦辛，而试图改变你因过度劳累而引起的视神经萎缩的厄运时，我们遍求医术却已回天乏力！母亲，每每当我透露这份永难排解的内疚时，你总笑着安慰我：一九七九年冬天开全国文代会，你带我去了一趟北京，不就是人生在世最大的见识吗？哦，母亲，一九七九年冬天的那趟游历，首都北京，却原来在你心中有这么大这么沉的分量！至此，我完全理解了你在人生旅程中的全部心迹，理解了你为什么能挑得起生活最沉重的担子，又为什么能那样平静地迎接人生的必然归宿，更理解了你为什么会发出"青山问我几时闲"的感喟！母亲，劳作一生的母亲，当你不能再劳作时，你就宁可不再劳烦别人，宁可悄悄离去，和青山绿水长伴随！

去往墓地的路上，母亲，我不能不想起你去世之前，你在最后一个母亲节那日对妹妹的殷殷叮咛，想起你的那番既是总结又是预示的表白："我的一世有苦也有甜，老了失明虽有种种不如意，总还算是儿孙成群的有福之人，我现在的愿望是要走就快快走，不给儿女添一点麻烦。这样，我就最幸福了……"奉献一生，临终犹是，母亲，你终生奉献不求回报的无我境界，是天下所有母亲品格襟怀的写照！母亲，当我们常常心酸而又无奈地设想一个失明老人的日常生活时，我们也曾设想过你会因为其他种种病痛而谢世。却不料，亲自沐浴更衣后的脑溢血，竟然应了你溘然长逝"不给儿女添一点麻烦"的心愿！当乡亲邻里无不赞叹你无病无痛死得最有福气，当我们为远程奔丧却未见上最后一面而悲痛啜泣时，我们怎能不向你的在天之灵跪叩：母亲，母亲，也许，你果然有福，冥冥天意竟真顺合了人意！

去往墓地的路上，母亲，我把有关你的一切往事都历历回想了一遍，包括那些最为我铭记的实物和最动我肺腑的细节：你为我一次次离家归家总要做的一碗"三鲜面"；你拣尽旧毛线为我亲织的那件花样别致的毛背心；你挂了一辈子却极少有工夫去照的那面脚架歪斜的椭圆镜；你梳得梳齿又弯又稀也不肯扔掉的那支蓝色塑料梳；你登景山公园用过的那柄竹手杖；你裁剪过千丝万缕却不曾为自己好好做一身衣衫的那把裁缝剪；你在床头小柜上永远搁着的可以存放你我都十分爱嗑的瓜子的那只锈迹斑斑的饼干筒；你陪嫁来的那对两尺见方前开门的"可以给你当书箱，专门存你写的书"的硬木箱……母亲，母亲，你的心无所不包，但是，你最最盼望于心的：早早晚晚听我一声呼唤，亲眼看看我写的那些作品，却再也不能，再也不能！

母亲，母亲，纵喊得如泣血杜鹃，也难喊回你！正因你溘然去世，我才有心劲在去岁修改完成了《无梦谷》。我把对你的所有情感，把所有的悲痛都蓄成了心头的泪滴，蘸着这些泪水，我才写完了平生所有的不归之梦。

母亲，在你的周年忌辰，我欣幸终于能够带着已经见刊的章节来祭奠你。你地下有知，这日清晨，连日酷热的天气突生荫凉；你长眠的杨家岭，苍松如洗，云杉滴翠；你安然面对的凤凰山，千嶂笼雾，轻纱如帐。母亲，我知你用心良苦，你是刻意要营造出这番情景这番天地，为的是叫我和弟弟妹妹在你的坟前多多逗留；为的是让我们慢慢嗑完为你嗑的那碟瓜子；为的是让我们静静守候，守候那袅袅着我们千言万语的三炷清香。

母亲，从墓地回来的路上，我只觉染得了一点静气，那就是你说过的，人生最宝贵的，每逢大事不可少的静气。

三松堂断忆 / 宗璞

转眼间父亲离开我们已经快一年了。

去年这时，也是玉簪花开得满院雪白，我还计划在向阳的草地上铺出一小块砖地，以便把轮椅推上去，让父亲在浓重的树荫中得一小片阳光。因为父亲身体渐弱，忙于延医取药，竟没有来得及建设。九月底，父亲进了医院，我在整天奔忙之余，还不时望一望那片草地，总不能想象老人再不能回来，回来享受我为他安排的一切。

哲学界人士和亲友们都认为父亲的一生总算圆满，学术成就和他从事的教育事业使他中年便享盛名，晚年又见到了时代的变化，生活上有女儿侍奉，诸事不用操心，能在哲学的清纯世界中自得其乐。而且，他的重要著作《中国哲学史新编》，八十岁才开始写，许多人担心他写不完，他居然写完了。他是拼着性命支撑着，他一定要写完这部书。

在父亲的最后几年里，经常住医院，一九八九年下半年起更为频繁。一次是十一月十一日午夜，父亲突然发作心绞痛，外子蔡仲德和两个年轻人一起，好不容易将他抬上救护车。他躺在担架上，我坐在旁边，数着脉搏。夜很静，车子一路尖叫着驶向医院。好在他的医疗待遇很好，每次住院都很顺利。一切安排妥当后，他的精神好了许多，我俯身为他掖好被角，正要离开时，他疲倦地用力说："小女，你太累了！""小女"这乳名几十年不曾有人叫了。"我不累。"我说，勉强忍住了眼泪。说不累是假的，然而比起担心和不安，劳累又算得了什么呢。

过了几天，父亲又一次不负我们的劳累和担心，平安回家了。我们笑说："又是一次惊险镜头。"十二月初，他在家中度过九十四寿辰。也是他最后的寿辰。这一天，民盟中央的几位负责人丁石孙等先生前来看望，老人很高兴，谈起一些文艺杂感，还说，若能汇集成书，可题名为"余生札记"。

这余生太短促了。中国文化书院为他筹办了庆祝九五寿辰的"冯友兰哲学思想国际研讨会"，他没有来得及参加。但他知道了大家的关心。

九〇年初，父亲因眼前有幻象，又住医院。他常常喜欢自己背诵诗词，每住医院，总要反复吟哦《古诗十九首》。有记不清的字，便要我们查对。"青青陵上柏，磊磊涧中石。人生天地间，忽如远行客。""浩浩阴阳移，年命如朝露。人生忽如寄，寿无金石固。"他在诗词的意境中似乎觉得十分安宁。一次医生来检查后，他忽然对我说："庄子说过，生为附赘悬疣，死为决疣溃痈。孔子说过，朝闻道，夕死可矣。张横渠又说，生吾顺事，没吾宁也。我现在是事情没有做完，所以还要治病。等书写完了，再生病就不必治了。"我只能说："那不行，哪有生病不治的呢！"父亲微笑不语。我走出病房，便落下泪来。坐在车上，更是泪如泉涌。一种没有人能分担的孤单沉重地压迫着我。我知道，分别是不可避免的。

我们希望他快点写完《新编》，可又怕他写完。在住医院的间隙中，他终于完成了这部书。亲友们都提醒他还有本《余生札记》呢。其实老人那时不只有文艺杂感，又还有新的思想，他的生命是和思想和哲学连在一起的。只是来不及了。他没有力气再支撑了。

人们常问父亲有什么遗言。他在最后几天有时念及远在异国的儿子钟辽和唯一的孙儿冯岱。他用力气说出的最后的关于哲学的话是："中国哲学将来要大放光彩！"他是这样爱中国、这样爱哲学。当时有李泽厚和陈来在侧。我觉得这句话应该用大字写出来。

然后，终于到了十一月二十六日那凄冷的夜晚，父亲那永远在思索的头脑进入了永恒的休息。

作为父亲的女儿，而且是数十年都在他身边的女儿，在他晚年又身兼几大职务，秘书、管家兼门房，医生、护士带跑堂，照说对他应该有深入的了解，但是我无哲学头脑，只能从生活中窥其精神于万一。根据父亲的说法，哲学是对人类精神的反思，他自己就总是在思索，在考虑问题。因为过于专注，难免有些呆气。他晚年耳目失其聪明，自己形容自己是"呆若木鸡"。其实这些呆气早已有之。抗战初期，几位清华教授从长沙往昆明，途经镇南关，父亲手臂触城墙而骨折。金岳霖先生一次对我幽默地提起此事，他说："当时司机通知大家，不要把手放在窗外，要过城门了。别人都很快照办，只有你父亲听了这话，便考虑为什么不能放在窗外，放在窗外和不放在窗外的区别是什么，其普遍意义和特殊意义是什么。还没考虑完，已经骨折了。"这是形容父亲爱思索。他那时正是因为在思索，根本就没有听见司机的话。

他的生命就是不断地思索，不论遇到什么挫折，遭受多少批判，他仍顽强地思考，不放弃思考。不能创造体系，就自我批判，自我批判也是一种思考。而且在思考中总会冒出些新的想法来。他自我改造的愿望是真诚的，没有经历过二十世纪中叶的变迁和六七十年代的各种政治运动的人，是很难理解这种自我改造的愿望的。首先，一声"中国人民站起来了"促使了多少有智慧的人迈上走向炼狱的历程。其次，知识分子前冠以资产阶级，位置固定了，任务便是改造，又怎知自是之为是，自非之为非？最后，各种知识分子的处境也不尽相同，有居庙堂而一切看得较为明白，有处林下而只能凭报纸和传达，也只能信报纸和传达。其感受是不相同的。

幸亏有了新时期，人们知道还是自己的头脑最可信。父亲明确采取了不依傍他人，"修辞立其诚"的态度。我以为，这个诚字并不能与"伪"相对。需要提出"诚"，需要提倡说真话，这是我们这个时代的大悲哀。

我想历史会对每一个人作出公允的、不带任何偏见的评价。历史不会忘记有些微贡献的每一个人，而评价每一个人时，也不要忘记历史。

父亲一生对物质生活的要求很低，他的头脑都让哲学占据了，没有空隙再来考虑诸般琐事。而且他总是为别人着想，尽量减少麻烦。一个人到九十五岁，没有一点怪癖，实在是奇迹。父亲曾说，他一生得力于三个女子：一位是他的母亲、我的祖母吴清芝太夫人,一位是我的母亲任载坤先生,还有一个便是我。一九八二年,我随父亲访美,在机场上父亲作了一首打油诗:"早岁读书赖慈母,中年事业有贤妻。晚来又得女儿孝,扶我云天万里飞。"确实得有人料理俗务,才能有纯粹的精神世界。近几年,每逢我的生日,父亲总要为我撰寿联。九〇年夏,他写最后一联,联云:"鲁殿灵光,赖家有守护神,岂独文采传三世;文坛秀气,知手持生花笔,莫让新编代双城。"父亲对女儿总是看得过高。"双城"指的是我的长篇小说,第一卷《南渡记》出版后,因为没有时间,没有精力,便停顿了。我必须以《新编》为先,这是应该的,也是值得的。当然,我持家的能力很差,料理饭食尤其不能和母亲相比,有的朋友都惊讶我家饭食的粗糙。而父亲从没有挑剔,从没有不悦,总是兴致勃勃地进餐,无论做了什么,好吃不好吃,似乎都滋味无穷。这一方面因为他得天独厚,一直胃口好,常自嘲"还有当饭桶的资格";另一方面,我完全能够体会,他是以为能做出饭来已经很不容易,再挑剔好坏,岂不让管饭的人为难。

父亲自奉俭,但不乏生活情趣。他并不永远是道貌岸然,也有豪情奔放、潇洒闲逸的时候,不过机会较少罢了。一九二六年父亲三十一岁时,曾和杨振声、邓以蛰两位先生,还有一位翻译李白诗的日本学者一起豪饮,四个人一晚喝去十二斤花雕。六十年代初，我因病常住家中，每于傍晚随父亲到颐和园包坐大船，一元钱一小时，正好览尽落日的绮辉。一位当时的大学生若干年后告诉我说，那时他常常看见我们的船在彩霞中飘动，觉得真如神仙中人。我觉得父亲是有些仙气的，这仙气在于他一切看得很开。在他的心目中，人是与天地等同的。"人与天地参"，我不只一次听他讲解这句话。《三字经》说得浅显，"三才者，天地人"。既与天地同，还屑于去钻营什么！那些年，一些稍有办法的人都能把子女调回北京，而他，却只能让他最钟爱的幼子钟越长期留在医疗落后的黄土高原。一九八二年，钟越终于为祖国的航空事业流尽了汗和血，献出了他的青春和生命。

父亲的呆气里有儒家的伟大精神，"天行健，君子以自强不息"，自强不息到"知其不可而为之"的地步；父亲的仙气里又有道家的豁达洒脱。秉此二气，他穿越了在苦难中奋斗的中国的二十世纪。他的一生便是二十世纪中国文化的一个篇章。

据河南家乡的亲友说，一九四五年初祖母去世，父亲与叔父一同回老家奔丧，县长来拜望，告辞时父亲不送，而对一些身为老百姓的旧亲友，则一直送到大门，乡里传为美谈。从这里我想起和读者的关系。父亲很重视读者的来信，许多年常常回信。星期日上午的活动常常是写信。和山西一位农民读者车恒茂老人就保持了长期的通信，每索书必应之。后来我曾代他回复一些读者来信，尤其是对年轻人，我认为最该关心，也许几句话便能帮助发掘了不起的才能。但后来我们实在没有能力做了，只好听之任之。把人家的千言信万言书束之高阁，起初还感觉不安，时间一久，则连不安也没有了。

时间会抚慰一切，但是去年初冬深夜的景象总是历历如在目前。我想它是会伴随我进入坟墓的了。当晚，我们为父亲穿换衣服时，他的身体还那样柔软，就像平时那样配合。他好像随时会睁开眼睛说一声"中国哲学将来会大放光彩"。我等了片刻，似乎听到一声叹息。

不得不离开病房了。我们围跪在床前，忍不住痛哭失声！仲扶着我，可我觉得这样沉重的孤单！在这茫茫世界中，再无人需我侍奉，再无人叫我的乳名了。这么多年，每天清晨最先听到的，是从父亲卧房传来的咳嗽，每晚睡前必到他床前说几句话。我怎样能从多年的习惯中走得出来！

然而日子居然过去快一年了。只好对自己说，至少有一件事稍可安慰。父亲去时不知道我已抱病。他没有特别的牵挂，去得安心。

文章将尽，玉簪花也谢尽了。邻院中还有通红的串红和美人蕉，记得我曾说串红像是鞭炮，似乎马上会噼噼啪啪响起来。而生活里又有多少事值得它响呢？

一九九一年九月病中

写给最思念的人 / 曹蓉

忽然落雨了，三月乍暖还寒的天。转眼，又到了清明。湿润的雨水带着桃花的颜色，在我的窗外落着，从我的心头漫过一地思念。

想你那里也落着桃花雨吧？我爱桃花，因为在桃花盛开的龙泉山上，你在那里。

桃花因而成为我最不堪一触的情殇。也因为，你在那里。

因为以后年年春天，你再也看不到那灼灼的桃花了，而我也不能再陪你去看那些多情的艳红了。天堂的路把你和我隔到更远的地方去，让我找不着你，你也看不见我。此刻，雨纷纷地下着，我思念的哀痛在雨中飘零，坠落成泥。

一直想写一封信给你，却始终不敢写一个字。你在我心中太重。怕我还未提笔，已泪落如雨。

你最后一次给我写的信，还有一首诗，尚留着你的手痕，我小心地珍藏着，至今却不敢触碰。我依然害怕触物伤情，睹物思人。时间真的会冲淡一切痛苦吗？那只是一个善意的安慰。爱得越深，痛便越久长。那种生离死别、击碎灵魂的疼痛，怎么可以忘掉呢？我承认，我并不坚强，至今还没有勇气触摸你留给我的气息。

直到现在，我仍然无法接受一个残酷的事实：你离我而去。

我没有及时回你最后的信，还有你在病榻上写给我的那首诗，这是我深深后悔的事。我怎么能知道呢？从来没有想过，有一天你会离我而去；从来没有想过，死神会把你从我身边夺走！

或许，我以为，生和死的距离是那么遥远。你怎么能和死亡联系在一起呢？死亡，那样冰冷阴森而可怕的字眼，怎么也不该和我最爱的你相关的。死神怎么可以夺走你的生命与呼吸？

生和死，聚和散，刹那和永恒，原来都在呼吸之间。

我徒然无益的哭泣，有什么用呢？我可以想象出，临别前你是多么想我，想我写一封信给你。我是要写给你的，可我没有想到，当我写给你的时候，你已经不需要它了。因为你去的地方没有地址。它只有一个名字，叫作"永恒"。

我一定要写给你，虽然晚了一些，但我相信，你会收到。我要在你的墓地烧给你。我想，天上的信使一定会拿给你的。

我知道，你会反复地念我的信，脸上洋溢着满足的笑容。

我想告诉你，我也很高兴读你的信，和你写给我的诗。从来我们之间心灵的交流总是通过书信来传递，我喜欢这种特别的方式，尽管并不多，但它们让我感受到你片言只语里深沉的父爱。让我知道，这世界上，有一个男人在以他的生命、以他的方式爱着他的女儿。

我想告诉你，我多么爱你。你是我来到这个世上第一个看见的男人，也是第一个牵我的手的男人，是给我生命，给我一切力量和指引的男人。我亲爱的爸爸。

你用一生陪我一天天长大，然后成年。我看到，曾经把我举在肩头的男人失去了力气，帅气的你开始有了白发，像林中清朗的月华渐渐苍白，渐渐老去。我的眼中泛酸，第一次感觉到，爸爸老了。

犹记，那一天我从河畔经过，背后忽然传来熟悉的声音："蓉儿！"我转身惊喜地看见你拄着杖站在我面前，像天人一般。

我与在河畔散步的你不期而遇。我的那双遗传了你的大眼睛，顿时放亮。你的脸上也露出了笑容，你看我的眼神充满了慈祥和爱意。

我知道，你每天都想见到我，而我们总是在白天很少见面。

但你从不表达，只在心里默默念着。你谅解我忙，很忙……我知道，那天你在河畔散步，并不是一个偶遇。你只是希望能碰巧见到我。

望着你苍老的背影渐渐远去，我发现你拄着的手杖，是我曾经从黄山带回来的那支，虽然已经褪色，但你却舍不得丢掉。或许，你把那支手杖当成我在陪着你。

我真的好想天天陪着你，跟你说说话，但我知道，已经不能够了。天堂的路太远，我见不到你。

我想告诉你，你给予我的爱，一辈子都无法忘记。小孩子的时候，每天你下班之后，都会绕道去书店给我买一本连环画回来。那是我最盼望的时刻。

我常常端一张小板凳，坐在天井看你给我买的小人书。成都的老房子大多有一个天井，阳光透过屋后公园的树木照射下来，斑斑驳驳地落在我的连环画上，很梦幻。我就坐在那里，看半天的连环画，看了又看。有时候抬起头来望着很小的一方天空很好奇，问你：天上的星星怎么不掉下来？我能不能像嫦娥仙子一样飞到月亮上去？我想站到屋顶上，那样就跟天接近。

我幻想连环画和童话书里的故事，跟随小三毛去流浪，跟随孙悟空去打白骨精，跟随安徒生去找美人鱼和王子。常常晚上睡觉的时候，躺在被窝里偷偷地用手电筒照着看，怕你发现。我在连环画里看到了一个新奇的未知世界。那时候,我的想象力悄悄地萌芽,只是自己不知道,但你知道。

到了中学,受你的影响,我开始看古典名著。我特别对《红楼梦》着迷,喜欢太虚幻境大荒山青峰埂下那个很梦幻的石头故事,喜欢那些优美、缠绵、动人的诗词,整部《红楼梦》的诗词我全都能够背诵。我第一次看《红楼梦》,就像天上掉下个林妹妹,一见如故,一见痴迷。我知道,你给我的文学熏陶,从我读《红楼梦》开始。

我是你的骄傲,但你从不当面赞美我,把深沉的爱藏在心里。可是,你常常在亲人或朋友面前提及我,还拿出我的一篇篇在学校广播的作文,一字一句地念给大家听。你脸上洋溢的爱和骄傲,感染了在座的每个人。这是我后来才知道的故事。

你给我的爱和故事太多,但这些都不足以表达我们之间的感情。我想告诉你,有一天我会为你写一本书,这本书里有我们的爱,有我们之间的秘密,有你的故事和我的故事。

亲爱的爸爸,还来不及道别,来不及看你最后一眼,还来不及向你倾诉我没有表达的很多话,你就走了!一想起就让我痛彻心扉,泪流成河。

你喜欢陶渊明,喜欢他描述的桃花源,中国人的一个理想国。我把你安放在溪水最清澈、桃花最炽烈的山上。那里落英缤纷，芳草鲜美，你一定会喜欢的。

只是，与世隔绝的永恒里，那种决绝的孤独，你能习惯吗？

犹记，安放你的那天，你入我梦来。依然是三月，一个雨后的阳光午后，我朝你的墓碑深深地望了一眼，然后忍着哀痛走了。似乎感应到什么，我蓦然回首，发现你拄着杖，站在桃花缤纷的山路上，笑着，朝我挥手。你似乎在安慰我："走吧，这里安好。"

梦中的你，依旧是英俊的模样，温暖的笑容。我突然转身奔向你，哭喊着："跟我回家吧！"

忽然，一阵风起，花瓣纷纷飘落。转瞬，你消失在山路尽头。我的泪，如桃花雨，漫天飘洒。

爸爸，你去了哪儿？我哭着向你呼喊。山谷黯然，回我以雨声，以水响。

传说，桃花是夸父的手杖化成的。那如胭脂般的花色，便用这像手杖一般青黑的树干托着。想必你已化成了桃花，那凝重而极稳重的树干，是你拄着的手杖吗？不然山中何以开出如泪如诗的颜色来？

遥想你墓地上的树该裁出新叶了，你却看不见。对面山沟里的桃花也开了，只是，那水光潋滟的桃花渡口，不能渡你回来。但我想对你说，别怕，我会年年来看你，带一枝桃花在你的坟头探望，与你灼灼相对。

你只是踏上了一条很远很远的旅途。那条路夜很黑，冷而寂寥，没有人陪伴，你要一个人走。别怕，爸爸，走过去就是天堂。那里很美。有无数的星星，有清澈的河流，还有开满原野的鲜花和牛羊。你一定喜欢，不再害怕孤单。我会每天仰望星空，像平时那样看着你。

我深信，从生到死的路是相通的，雨便是连接思念的那根长长的线，抵达天堂。而在天上，是不是也开满人间的花，下着寥落而美丽的清明雨呢？

爸爸，那些芬芳的花，在天堂永不会凋谢，为你而开。

我不能陪你去看那些花，但是，每一朵花的香气里都有我对你无尽的思念。思念如雨，没有任何障碍可以阻止进入我的梦中，进入你的永恒，进入我们血脉相连的灵魂深处。

桃花仍在，人面仍在。你存我心深处，永在。

你是我最思念的人，我的父亲。

我和父亲浩然在通州的日子 / 梁春水

我的父亲浩然在别人眼里是一位作家,而在我内心,他就是永远的慈父。

儿时的记忆都模模糊糊,印象里父亲总不在家,长大后知道父亲是去下乡采访或是外出写作。父亲在家时,人来人往很热闹,三天两头不断有人来访,让他无法安心写作,所以一年里大部分时间父亲都躲在外面写作,和家人聚少离多。

与父亲有较长时间朝夕相处的日子是一九八〇年春天以后,我们在通州一起生活的七年。

四个孩子中我排行老三,且是家中唯一的女孩儿。一九七七年初,我高中毕业面临留城还是下乡的选择,家里母亲多病、父亲经常外出写作,根据当时的政策我可以申请"困留"。父亲也希望我能留城。那时我一心想到农村锻炼，就给正在京郊密云县的父亲写了一封信。他很快回了信，支持我对自己生活道路的选择。不久我来到通州（当时名称为通县）北马庄村插队，收到了父亲的信及为我写的诗《送春水下乡务农》，其中写着"幸福本无种，当赐有志人。东苑沃土阔，纯真才生根。运河风雨多，千撼始成林……"那时我并不清楚，父亲承受了多大的压力。他在当时的日记中这样写道："朴桥身体也不好。等到春水插队走了，我们的日子可怎么过呢？"

后来我上了师范。毕业时父亲与我商量在通州安个家，我欣然同意。

父亲为什么要在通州安家呢？因为他与这里有着不解情缘。这片土地不仅有许多曾在故乡蓟县一起工作过的老同事和朋友，也是他曾经工作过的地方。一九五三年初，二十一岁的父亲从河北省蓟县团干部的工作岗位调到通县地委参与筹办报纸，在这里成为一名作家。二十世纪七十年代，父亲在大运河边为基层作者的创作、办刊、出书提供各种帮助。

那时父亲的写作地点不固定，来找的人多了，只好再换地方。一九八〇年初的几个月里父亲借住在位于新华大街的北京水暖模具厂团支部办公室里写作，除了党委书记、团委书记，厂里的人都不知这个人是谁，在做什么。父亲在这里写了一组儿童故事并修改了几篇小说。曾有一段时间，他将党组织关系转到了这里，在中共通县县委宣传部过组织生活。

这之后在通州安家也就是情理之中的事了。当时母亲在北京的家中照看大哥红野的儿子，通州后南仓的家就是我与父亲的二人世界。

生活琐碎，有烦恼也充满快乐。白天父亲在家中写作，我下班后买菜做饭。休息的时候我帮着抄写或校对稿子。父亲的房间是书房、卧室兼会客厅，一面墙靠着两个顶天的书柜，和阳台门正对着，一张大写字台上堆着一些报刊和信件，中间是摊开的稿纸，写字台旁边是两个单人沙发，中间夹着茶几，写字台对面摆放着单人床和小衣柜。父亲积年累月伏案写作，写字台的边缘棕黄色的油漆被磨去长长的一条，露出了原木的本色。一九八〇年至一九八六年间，他创作的大部分作品就是在这里完成的。

夏日蚊子厉害，天一擦黑就要先点上蚊香，还要支上蚊帐才能睡得安稳。暑天的阳光满满地照进屋里，那时没有空调，赶写稿子的父亲常常是满头大汗。一九八二年三月，他托人弄来几株小树，县文化馆的孟宪良、张树林、华敬俊、孙宝琦和远道而来的朋友胡世宗，一起来到楼下窗前，挖坑、培土，栽下九棵白杨树，也是给父亲五十岁生日留下纪念。一两年工夫，杨树梢就冒过了二楼阳台，好似绿色的遮阳伞。

麻烦的是冬天，楼房里没通暖气，要靠蜂窝煤炉取暖。第一年安烟囱时，文化馆的几位业余作者过来帮着凿墙开洞，叮叮当当弄了一天，终于将炉子烟囱安装上了。买蜂窝煤也是入冬时一件重要的家务，我们从附近的党校借来手推车，虽然潞河医院北边的水月院煤厂不算远，父女二人连推带拉也常常弄得浑身是灰。到了楼下再用簸箕搬上楼，码放在阳台上才长长地舒口气。那时并不觉得有什么艰辛，家家如此嘛。最困难而烦心的是如何让炉火保持不灭。清晨，父亲醒来第一件事就是赶紧摸摸炉子上烟囱温不温，我们时常鼓弄不好，三天两头要重新生火。

那时我在学校担任班主任的工作，回到家也要批改作业。父亲为了减轻我的压力与负担，总是想方设法地挤出时间分担一些家务。一天，父亲出门去打电话，正巧遇上卖冬储大白菜，就独自一人把上百斤白菜搬运上楼，累得汗水湿透了衣服。有时父亲会边写稿子，边在炉子上熬一锅白薯粥。中午下班回来，走进父亲的书房，满屋飘散着粥香……

有时，我们晚上一起沿玉带河散步，那时的玉带河是条明河，从潞河医院路口向西，至现在的复兴庄路口就折转向北直至通惠河。玉带河名字好听，其实并不美，气味也不好闻，但是很静，我们边走边说说家里的琐事，有时父亲会给我讲讲他的小说构思或是写作计划。回到家后，他还要再写上一阵子。

每隔几天，我们会在晚饭后向北溜达到西大街，街东南角有一个电信局的营业厅，我们在那里给北京的家里打长途电话，先填写长途电话单，等待叫号，通话后按时长结账。

和外界联系主要的通信方式还是书信。那时从各地寄到我任教的通县二中的信件几乎每天都有，下班后我把信件拿给他，中午休息时他躺在床上一封封拆开细看。父亲忙时顾不上看信，我就先拆看过目，将要紧的信件挑出来。父亲通常在写作告一段落时，集中回信，十几封甚至几十封回信要写上一两天。

通信不发达的好处，是让父亲能安心写作，免去过多的干扰。但有时也会有一些不速之客。有的是拿着作品来请教的文学爱好者，或是来约稿的报刊编辑。父亲写作的时候最怕思路被打断，突然响起的敲门声，使他不得不放下笔，既不想冷落了来访者，又惦念着正写着的小说稿。

父亲惜时如金，只有当小说完成了一稿时，才肯放松休息一下，听听京剧，高兴了就跟着哼上几句。也爱听音乐歌曲，他最喜欢听的是当时流行的朱明英的歌曲。有时他也约县文化馆的作者到家里聊天，孟宪良、孙宝琦、张春玉、张树林、王梓夫、华敬俊、徐天立、刘祥、孙自凯等都是家里的常客。

我结婚以后仍然和父亲一起在通县生活。一九八五年十一月，我的女儿出生，父亲为外孙女取名绿谷。小家伙的到来给家里带来欢乐和忙乱。此时父亲正在重写长篇小说《苍生》，他没有躲出去写作，而是关在自己的屋里赶写着小说。绿谷满月那天，父亲完成了《苍生》的重写工作。他在书稿末尾写道"重写稿完于绿谷满月"，给这个日子留下了永远的纪念。那时父亲非必要活动一律不参加，就住在通州一边修改书稿，一边与我母亲一同帮我照看孩子，陪伴着绿谷一天天长大。到了年底，父亲盘算的几项写作计划都没有完成，感叹道：这个创作上的歉收年，唯一的收获就是绿谷的到来与健康生长。

冬去春来七个年头过去了。一九八六年底，父亲离开通州，到河北省三河县段甲岭镇挂职。他这样描述我们在通州生活的那段时光："我的女儿春水离开了北京城的家，留在通州小镇，夏天赶着蚊蝇，冬天守着炉火，与我相依相伴整整七个年头。我的包括四部长篇小说、十五部中篇小说在内的二百五十万字的新作品，多一半是吃着她做的饭菜创作出来的。"

二〇〇八年二月二十日，父亲离我们而去，留下他的作品陪伴着我们。今年三月二十五日，是父亲诞辰九十周年纪念日。

"爸，我们怀念您！"

母亲，我不识字的文学导师 / 梁晓声

一九四九年九月二十二日，我出生在哈尔滨市安平街一个人家众多的大院里。我的家是一间半低矮的苏联房屋。邻院是苏联侨民的教堂，经常举行各种宗教仪式。我从小听惯了教堂的钟声。

父亲目不识丁。祖父也目不识丁。原籍山东省荣成县温泉寨村。上溯十八代乃至二十八代三十八代，尽是文盲，尽是穷苦农民。

父亲十几岁时，被生活所逼迫，随村人"闯关东"来到了哈尔滨。

他是我们家族史上的第一个工人。建筑工人。他转折了我们这一梁姓家族的成分。我在小说《父亲》中，用两万余纪实性的

文字，为他这一个中国的农民出身的"工人阶级"立了一篇小传。从转折的意义讲，他是我们家族史上的一座碑。

父亲对我走上文学道路从未施加过任何有益的影响。不仅因为他是文盲，也因为从一九五六年起，我七岁的时候，他便离开哈尔滨市建设大西北去了。从此每隔两三年他才回家与我们团聚一次。我下乡以后，与父亲团聚一次更不易了。在我的记忆中，父亲是反对我们几个孩子"看闲书"的。父亲常因母亲给我们钱买"闲书"而对母亲大发其火。家里穷，父亲一个人挣钱养家糊口，也真难为他。每一分钱都是他用汗水换来的。父亲的工资仅够勉强维持一个家庭最低水平的生活。

母亲也是文盲。但母亲与父亲不一样，父亲是个崇尚力气的文盲，母亲是个崇尚文化的文盲。对我们几个孩子寄托的希望也便截然对立，父亲希望我们将来都能靠力气吃饭，母亲希望我们将来都能成为靠文化自立于社会的人。希望矛盾，对我们的教育宗旨、教育方式便难统一。父亲的教育方式是严厉的训斥和惩罚，母亲对我们的教育则注重在人格、品德、礼貌和学习方面。值得庆幸的是，父亲常年在大西北，我们从小接受的是母亲的教育。母亲的教育至今仍对我为人处世深有影响。

母亲从外祖父那里知道许多书中的人物和故事，而且听过一些旧戏，乐于将书中或戏中的人物和故事讲给我们。母亲年轻时记忆力强，什么戏剧什么故事，只要听过一遍，就能详细记住。母亲善于讲故事，讲时带有很浓的个人感情色彩。我从五六岁起，就从母亲口中听到过《包公传》《济公传》《杨家将》《岳家将》《侠女十三妹》的故事。母亲是个很善良的女人。善良的女人大多喜欢悲剧。母亲尤其愿意、尤其善于讲悲剧的故事：《秦香莲》《风波亭》《赵氏孤儿》《杜十娘怒沉百宝箱》……母亲边讲边落泪，我们边听边落泪。

我于今在创作中追求悲剧情节，悲剧色彩，不能自已地在字里行间流溢浓重的主观感情色彩，可能正是由于小时候听母亲带着她浓重的主观感情色彩讲了许多悲剧故事的结果。我认为，文学对于一个作家儿童时代的心灵所形成的直接或间接的影响，对一个作家在某一时期或某一阶段的创作风格起着"先天"的、潜意识的制约。

我们长大了，母亲衰老了。母亲再也不像我们小时候那样给我们讲故事了。母亲操持着全家人的生活，没有时间、没有精力、没有心思重复那些典型的中国式的悲剧色彩很浓的传统故事了。母亲一生就是一个悲剧。她至今没过上一天无忧无虑的生活。

我们也不再满足于听母亲讲故事了。我们都能读书了，我们渴望读书。只要是为了买书，母亲给我们钱时从未犹豫过。母亲没有钱，就向邻居借。母亲这个没有文化的女人，凭着做母亲的本能认为，读书对于她的孩子们总归是有益的事。

家中没有书架，也没有摆书架的地方。母亲为我们腾出了一只旧木箱。我们买的书，包上书皮儿，看过后存放在箱子里。

最先获得买书特权的，是我的哥哥。

哥哥也酷爱文学。我对文学的兴趣，一方面是母亲以讲故事的方式不自觉地培养的结果，另一方面是受哥哥的熏染。

我读小学时，哥哥读初中。我读初中时，哥哥读高中。

六十年代的教学，比今天更体现对学生的文学素养的普遍重视。哥哥高中读的已不是《语文》课本，而是《文学》课本。

哥哥的《文学》课本，便成了我常常阅读的"文学"书籍。哥哥无形中取代了母亲家庭"故事员"的角色。每天晚上，他做完功课，便捧起《文学》课本，为我们朗读。我们理解不了的，他就耐心启发我们。

我想买《红旗谱》，只有向母亲要钱。为了要钱我去母亲做活的那个条件低劣的街道小工厂找母亲。

那个街道小工厂里的情形像中世纪的奴隶作坊。二百多平方米的四壁颓败的大屋子，低矮、阴暗、天棚倾斜，仿佛随时会塌下来。五六十个家庭妇女，一人坐在一台破旧的缝纫机旁，一双接一双不停歇地加工棉胶鞋鞋帮。到处堆着毡团，空气里毡绒弥漫。所有女人都戴口罩。夏日里从早到晚，一天戴八个乃至十个小时的口罩，可想而知是种什么罪。几扇窗子一半陷在地里，无法打开，空气不流通，闷得人头晕。耳畔脚踏缝纫机的声音响成一片，女工们彼此说话，不得不摘下口罩，扯开嗓子。话一说完，就赶快将口罩戴上。她们一个个紧张得不直腰、不抬头，热得汗流浃背。有几个身体肥胖的女人，竟只穿着件男人的背心，大概是她们的丈夫的。我站在门口，用目光四处寻找母亲，却认不出在这些女人中，哪一个是我的母亲。

负责给女工们递送毡团的老头问我找谁，我说出了母亲的名字。

"在那儿！"老头用手一指。

我这才发现，最里边的角落，有一个瘦小的身躯，背对着我，像八百度的近视眼写字一样，头低垂向缝纫机，正做活。

我走过去，轻轻叫了一声：

"妈……"

母亲没听见。

我又叫了一声。

母亲仍未听见。

"妈！"我喊起来。

母亲终于抬起了头。

母亲瘦削的憔悴的脸，被口罩遮住二分之一。口罩已湿了，一层毡绒附着在上面，使它变成了毛茸茸的褐色的。母亲的头发上、衣服上也落满了毡绒，母亲整个人都变成毛茸茸的褐色的。这个角落更缺少光线，更暗。一只可能是一百瓦的灯泡，悬吊在缝纫机上方，向窒闷的空间继续散发热。一股蒸蒸的热气顿时包围了我。缝纫机板上水淋淋的，是母亲滴落的汗。

母亲的眼病常年不愈，红红的眼睑夹着黑白混浊的眼睛，目光呆滞地望着我，问："你到这里来干什么？找妈有事？"

"妈，给我两元钱……"我本不想再开口要钱。亲眼看到母亲是这样挣钱的，我心里难受极了。可不想说的话说了。我追悔莫及。

"买什么？"

"买书……"

母亲不再多问，手伸入衣兜，掏出一卷毛票，默默点数，点够了两元钱递给我。

我犹豫地伸手接过。

离母亲最近的一个女人，停止做活，看着我问："买什么书啊？这么贵！"

我说："买一本长篇。"

"什么长篇短篇的！你瞧你妈一个月挣三十几元钱容易吗？

你开口两元,你妈这两天的活白做了!"那女人将脸转向母亲,又说:"大姐你别给他钱,你是当妈的,又不是奴隶!供他穿,供他吃,供他上学,还供他花钱买闲书看呀?你也太顺他意了!他还能出息成个写书的人咋的?"

母亲淡然苦笑,说:"我哪敢指望他能出息成个写书的人呢!我可不就是为了几个孩子才做活的么!这孩子和他哥一样,不想穿好吃好,就爱看书。反正多看书对孩子总是有些教育的,算我这两天活白做了呗!"说着,俯下身,继续蹬缝纫机。

那女人独自叹道:"唉,这老婆子,哪一天非为了儿女们累死在缝纫机旁!……"

我心里愧疚极了,一转身跑出去。

我没有用母亲给我的那两元钱买《红旗谱》。

几天后母亲生了一场病,什么都不愿吃,只想吃山楂罐头,却没舍得花钱给自己买。

我就用那两元钱,几乎跑遍了道里区的大小食品商店,终于买到了一听山楂罐头,剩下的钱,一分也没花。

母亲下班后,发现了放在桌上的山楂罐头,沉下脸问:"谁买的!"

我说:"妈,我买的。用你给我那两元钱为你买的。"说着将剩下的钱从兜里掏出来也放在了桌上。

"谁叫你这么做的？"母亲生气了。

我讷讷地说："谁也没叫我这么做，是我自己……妈，我今后再也不向你要钱买书了！……"

"你向妈要钱买书，妈不给过你吗？"

"没有……"

"那你为什么还说这种话？一听罐头，妈吃不吃又能怎么样呢？还不如你买本书，将来也能保存给你弟弟们看……"

"我……妈，你别去做活了吧！……"我扑在母亲怀里，哭了。

今天，当我竟然也成了写书人的今天，每每想起儿时的这些往事以及这份特殊的母爱，不免一阵阵心酸。我在心底一次次呼喊：我爱您，母亲！

我的第一支钢笔 / 梁晓声

它是黑色的,笔身粗大,外观笨拙。全裸的笔尖,旋拧的笔帽。笔囊内没有夹管,吸墨水时,捏一下,鼓起缓慢。墨水吸得太足时,写字常常"呕吐",弄脏纸和手。我使用它,已经二十多年了。笔尖劈过,断过,被我磨齐了,也磨短了。笔道很粗,写一个笔画多的字,大稿纸的两个格子也容不下。已不能再用它写作,只能写便笺或信封。

它是我使用的第一支钢笔,母亲给我买的。那一年,我升入小学五年级。学校规定,每星期有两堂钢笔字课。有些作业,老师要求学生必须用钢笔完成。全班每一个同学,都有了一支崭新的钢笔。

有的同学甚至有两支。我却没有钢笔可用,连旧的也没有。

我只有蘸水钢笔，每次完成钢笔作业，右手总被墨水染蓝，染蓝了的手又将作业本弄脏。我常因此而感到委屈，做梦都想得到一支崭新的钢笔。

一天，我终于哭闹起来，折断了那支蘸水笔，逼着母亲非立刻给我买一支吸水笔不可。

母亲对我说："孩子，妈妈不是答应过你，等你爸爸寄回钱来，一定给你买一支吗？"

我不停地哭闹："不，不，我今天就要。你去给我借钱买！"

母亲叹了口气，为难地说："你这孩子，真不懂事。这月买粮的钱，是向邻居借的；交房费的钱，也是向邻居借的；给你妹妹看病，还是向邻居借的钱。为了今天一支钢笔，你就非逼着妈妈再去向邻居借钱吗？叫妈妈怎么张得开口啊！"

我却不管这些，哭闹得更凶。母亲心烦了，打了我两巴掌。我赌气哭着跑出了家门……

那天下雨，我在雨中游荡了大半日不回家，衣服淋湿了，头脑也淋得平静了，心中不免后悔自责起来。是啊，家里生活困难，仅靠在外地工作的父亲每月寄回几十元钱过日子，母亲不得不经常向邻居开口借钱。母亲是个很顾脸面的人，每次向邻居家借钱，都需鼓起一番勇气。我怎么能那样为难母亲呢？我觉得自己真是太对不起母亲了。

于是我产生了一个念头,要靠自己挣钱买一支钢笔。于是,我冒雨朝火车站走去。火车站附近有座坡度很陡的桥,一些大孩子常等在坡下,帮拉货的手推车夫们推上坡,可讨得五分钱或一角钱。

我走到那座大桥下,等待许久,不见有推车来。雨越下越大,我只好站到一棵树下躲雨。雨点噼噼啪啪地抽打着肥大的杨树叶,冲刷着马路。马路上不见一个行人的影子,只有公共汽车偶尔驶来驶往。除了几根电线杆子,远处迷迷蒙蒙的什么也看不清楚。

我正感到沮丧,想离开,可雨又太大,等下去,肚子又饿。这时,我忽然发现一辆手推车,装载着几层高的木箱子,遮盖着雨布,拉车人正在大雨中缓慢地、一步步地朝这里拉来。看得出,那人拉得非常吃力,腰弯得很低,上身几乎俯得与地面平行了,两条裤腿都挽到膝盖以上,双臂拼力压住车把,每迈一步,似乎都使出了浑身的劲。那人没穿雨衣,头上戴顶草帽。由于他上身俯得太低,无法看见他的脸,也不知他是个老头,还是个小伙儿。

他刚将车拉到大桥坡下,我便从树下一跃而出,大声问:"要帮一把吗?"他应了一声。我便赶快绕到车后,一点也不隐藏力气地推起来。车上不知拉的何物,非常沉重。还未推到半坡，我便一点力气也没有了，双腿发软，气喘吁吁。那时我才知道，即使一角钱，也是并非容易挣到的，而且我还空着肚子呢。又推了几步，实在推不动了，就产生了"偷劲儿"的念头，反正拉车人是看不见我的。我刚刚松懈了一点力气，就觉得车轮顺坡倒转。不行，不容我"偷劲儿"。那拉车人，也肯定是拼着最后一点力气在坚持，在顽强地向坡上拉。我不忍心"偷劲儿"了。我咬紧牙关，憋足一股力气，一步接一步，机械地向前迈动着步子。

车轮忽然转动得迅速起来。我这才知道，已经将车推上了坡，开始下坡了。手推车飞快朝坡下冲，那拉车人身子太轻，压不住车把，反被车把将身子悬起来，腿离了地面，控制不住车的方向。幸亏车的方向并未偏往马路中间，始终贴着人行道边，一直滑到坡底才缓缓停下。

我一直跟在车后跑，车停了，我也站住了。那拉车人刚转过身，我便向他伸出一只手，大声说："给钱！"那拉车人呆呆地望着我，一动不动，不掏钱，也不说话。

我仰起脸看他，不由得愣住了。"他"原来是母亲。雨水，混合着汗水，从母亲憔悴的脸上直往下淌。母亲的衣服完全淋透了，像从水里捞出来的一样，湿漉漉地贴在身上，显出了她那瘦削的两肩的轮廓。她胸口剧烈地起伏着，脸色苍白，大口大口地喘着气。

我望着母亲，母亲望着我，我们母子完全怔住了。

就在那一天，我得到了那支钢笔，梦寐以求的钢笔。

母亲将它放在我手中时，满怀期望地说："孩子，你要用功读书啊。你要是不用功读书，就太对不起妈妈了……"

在我的学生时代，我一刻都没有忘记过母亲满怀期望对我说的这番话。

如今，二十多年过去了，我已经是个成年人了，母亲也变成了老太婆。那支笔，也可以说早已完成它的历史使命了。但我，却要永远保存它，永远珍视它，永远不抛弃它。

现在的五年级学生，是不会因家里买不起一支钢笔而哭闹了；现在的母亲们，也不会再为给孩子买一支钢笔而冒着大雨拉车了。我们发展着的生活，正在消除着贫困。而那些在贫困之中积淀下来的有益的东西，将会存留在下一代心里。

母亲，我永远感激您当年为我买了那支老式的廉价的钢笔。

回家 / 杨亚雄

老家比北京晚一个小时，但也天亮了。当我还在睡梦中，就听见了隔壁厨房叮叮当当的响声。我比以往起得稍微晚了一点儿，今天是休假结束和家里人告别的日子，吃完早饭，我就要和妻子去车站。

我微微睁开眼睛，扫了一眼熟悉的家里，从沙发到炕上，东西都放得整整齐齐。妻子已经早起了，她懂我的心思，没有打扰我，好让我磨蹭一会儿，再多闻一阵儿家的味道。

我简单地洗了洗，心情沉重而且压抑地走进了厨房。母亲在做饭，一边盯着手里正在捏的包子，一边抬头看了我一眼，问我昨晚休息得如何。妻子握着笤帚围绕火炉仔细地扫地，边扫边弯腰将溅落在地上的煤渣子捡起来，放在了火炉一边的煤槽里。母亲说父亲早早地去了单位,今天比较忙,让她送我和妻子到车站。我应了一声,转身坐到了灶台旁边的床上。没等我反应过来,母亲揭开火炉上冒着热气的蒸屉。我隐约隔着腾腾上升的热气,看到母亲上上下下用手抢着抓了满满一碟子冒着热气的包子,放到我面前。母亲连连让我趁热吃,说着就拿起桌上早已摆好的小碗,给我倒了一些醋,又抹了一筷子油泼辣子调好。母亲感觉还缺点儿什么,她顺手拿起一头大蒜就要剥皮,我赶忙夺了过来,自己边吃包子边剥蒜皮,香喷喷的味道已经提前钻入鼻孔,顺着嘴角流下一股油。

"这是牛肉馅儿的?"我问了一句。

"是。"一旁扫地的媳妇儿回了一句。

"昨天做的包子羊肉馅儿的,你吃不惯味道。妈昨天下午天快黑的时候又悄悄去外面买了一些牛肉,今天早上四点就起来做包子了。爸吃的东西盐味儿要轻一点儿,我和妈喜欢吃羊肉的馅儿,妈调了三个馅儿。"妻子给我仔细解释道。

妻子说出来的小秘密让我心里顿时倍感酸楚。母亲看出了我的心思,抬头笑了笑,给妻子递了一个眼色,顺便打断似乎还有话要说的妻子。

"没事儿,瞧这孩子说的,妈做了一辈子饭,这点儿算啥,我手特别快,这只是调个馅儿的事儿,特别简单。你们回一趟家不容易，好歹吃上一口，我心里也踏实。"我一边听母亲说话，一边大口大口地吞咽着食物，我想让母亲特地看着我狼吞虎咽的样子，心里稍稍有一丝宽慰，也暂时冲淡我即将离开的痛苦。

事实上，痛苦是掩盖不了的。妻子扫完地后顺手又拖了一遍，放下拖把转身时，看到了灶台上鼓鼓的一袋子东西，我们问母亲这是什么。母亲放下手中的活儿，轻轻地拍了拍手上的面，又将散落的面粉用手刮了刮拢到一起。

母亲走到袋子跟前，解开装满东西的袋子。母亲先从里面取出了一大包用塑料包好的晶莹剔透的包子，对我和妻子说，这些装好的包子是我们上火车后吃的。又指着旁边一小袋子说，这是要我们带给银川我弟弟一家人的。母亲取出包好的包子，指着袋子下面的两个鸡腿和几只鸡翅说，这是让我们路上吃的，吃不完可以带回北京。这是她从熟人那里买的鸡，喂饲料长大的鸡，没有喂过激素。

"你平时爱吃鸡翅，现在也成家了，鸡翅让给我儿媳妇儿吃，你纯吃肉就行。"母亲转过头看着妻子眯起眼睛笑了笑。皱纹丝毫没有隐蔽地爬满了母亲的眼角。我和妻子会心，笑着点了点头。我问母亲为什么给我们攒着鸡肉，自己和父亲不吃。母亲说她不馋，而且她不喜欢吃肉。不喜欢吃肉！这句话在我印象中，母亲说了二十多年。最后，母亲从袋子里摸出了一块椭圆形的光滑的石头。母亲笑着问我和妻子这是做什么的，我们均疑惑地摇了摇头。母亲若有所思地说："在北京，压力大，你们过的生活很粗糙，不能顿顿吃米饭，偶尔要吃点儿面条儿。面条儿养胃，你们可以抽空腌点儿咸菜，让这块石头压在咸菜上面。"我和妻子不约而同地叹了一声，咋舌母亲能考虑得这么周到。母亲取出石头后，提了提袋子，母亲对着沉甸甸的袋子说，这是她早上在门口买的袋装牛奶，我们本地产的，营养价值高，我们路上渴了可以喝。说完后，母亲逐一将这些吃的装入袋子，抬头看了一眼放在茶几上的钟表。"该走了，要不赶不上车了。"母亲说道。

我急匆匆地穿好鞋，妻子也从隔壁的屋里带着行李过来了。母亲抓起了一件外套，边走边穿在了身上。母亲让我们先走，她后面锁门。我们刚离开巷子没多远，母亲小跑着过来，夺过妻子手里拎的行李就要自己拿。我和妻子拗不过母亲，只好给了母亲一个相对较轻的包。母亲先于我们又小跑着去叫过街的包棚三轮车，车站距离家里有段距离，所以我们一般都会坐三轮车去车站。我和妻子知道喊不停母亲，于是我们顺着母亲的脚步也一路小跑追过去。

母亲的个子很小，也是上了年纪的缘故，小跑起来猫着腰，阳光下的影子越来越小。开三轮车的是个中年男子，看着我们有一堆包裹，问母亲是不是去送我们出远门。母亲坚定地点了点头，随即叹了一口气。我从反光镜中看到母亲侧着脸，用手在眼睛上抹了一把，然后拉起妻子的手，紧紧地攥在怀里。到了车站，母亲跳下三轮车，抱起三轮车上的行李往地上放。我慌慌张张地给司机付完车费，跑到车站买票去了，妻子也赶忙从三轮车上取下最后一件行李。

母亲的前几十年都是在匆忙中度过的，母亲的认真细致让我们总是和时间赛跑。

我买完票转身，母亲迎着我一路跑来，气喘吁吁，表情严肃地问我为什么自己买了票，也不知道路上有没有足够的钱坐车。妻子拽了拽母亲的衣角说："妈，我们都已经工作七八年了。"母亲说："有钱是你们的，在家里妈就先给你们垫着花。"说完我们都仰着头笑了笑。母亲又说："出门在外，花钱的时候要节约，不该买的东西就不买，日子是精打细算过来的，下次回家千万别给我和你爸买任何东西。我们在家，什么都不缺，县城里也什么都有。"我和妻子看着母亲那双会说话的眼睛点了点头。

不一会儿，我们就被即将开动的车叫走了。

无奈，检票的工作人员将没有票的母亲挡在了候车室里。

我和妻子刚刚坐下，车就启动了，我听见窗外一个声音朝我们呼喊。隔着玻璃，我看见母亲穿着那件熟悉的褪了色的绿色外套站在站台上。我和妻子使劲招手,母亲也在远处招手。

汽车驶出了站台,母亲抢在汽车前面小跑出了车站大门。母亲朝着一个较高的台阶努力地踩上去,母亲最终没有上去。母亲折回来,通过几级台阶小跑站到了较高的地方注视着我们。汽车完全驶出大门的时候,母亲朝我们挥动的手臂更加紧张有力。

太阳下,母亲的微笑伴着影子越来越小。

母亲终究不忍离开,走了几步回头看了一眼又折回,拖着年迈的背影最终消失在驶离的汽车反光镜里。

我们相爱一生,
　一生还是太短。

亡人逸事 / 孙犁

一

旧式婚姻,过去叫作"天作之合",是非常偶然的。据亡妻言,她十九岁那年,夏季一个下雨天,她父亲在临街的梢门洞里闲坐,从东面来了两个妇女,是说媒为业的,被雨淋湿了衣服。她父亲认识其中的一个,就让她们到梢门下避避雨再走,随便问道:

"给谁家说亲去来?"

"东头崔家。"

"给哪村说的?"

"东辽城。崔家的姑娘不大般配,恐怕成不了。"

"男方是怎么个人家？"

媒人简单介绍了一下，就笑着问：

"你家二姑娘怎样？不愿意寻吧？"

"怎么不愿意。你们就去给说说吧，我也打听打听。"她父亲回答得很爽快。

就这样，经过媒人来回跑了几趟，亲事竟然说成了。结婚以后，她跟我学认字，我们的洞房喜联横批，就是"天作之合"四个字。她点头笑着说：

"真不假，什么事都是天定的。假如不是下雨，我就到不了你家里来！"

二

虽然是封建婚姻，第一次见面却是在结婚之前，订婚后，她们村里唱大戏，我正好放假在家里。我们村有我的一个远房姑姑，特意来叫我去看戏，说是可以相相媳妇。开戏的那天，我去了，姑姑在戏台下等我。她拉着我的手，走到一条长板凳跟前。板凳上，并排站着三个大姑娘，都穿得花枝招展的，留着大辫子。姑姑叫着我的名字，说：

"你就在这里看吧，散了戏，我来叫你家去吃饭。"

姑姑的话还没有说完,我看见站在板凳中间的那个姑娘,用力盯了我一眼,从板凳上跳下来,走到照棚外面,钻进了一辆轿车。那时姑娘们出来看戏,虽在本村,也是套车送到台下,然后再搬着带来的板凳,到照棚下面看戏的。

结婚以后,姑姑总是拿这件事和她开玩笑,她也总是说姑姑会出坏道儿。

她礼教观念很重。结婚已经好多年,有一次我路过她家,想叫她跟我一同回家去,她严肃地说:

"你明天叫车来接我吧,我才走。"我只好一个人走了。

三

她在娘家,因为是小闺女,娇惯一些,从小只会做些针线活;没有下场下地劳动过。到了我们家,我母亲好下地劳动,尤其好打早起,麦秋两季,听见鸡叫,就叫起她来做饭。又没个钟表,有时饭做熟了,天还不亮。她颇以为苦。回到娘家,曾向她父亲哭诉。她父亲问:

"婆婆叫你早起,她也起来吗?"

"她比我起得更早。还说心疼我,让我多睡了会儿哩!"

"那你还哭什么呢?"

我母亲知道她没有力气，常对她说：

"人的力气是使出来的，要伸懒筋。"

有一天，母亲带她到场院去摘北瓜，摘了满满一大筐。母亲问她：

"试试，看你背得动吗？"

她弯下腰，挎好筐系猛一立，因为北瓜太重，把她弄了个后仰，沾了满身土，北瓜也滚了满地。她站起来哭了。母亲倒笑了，自己把北瓜一个个捡起来，背到家里去了。

我们那村庄，自古以来兴织布，她不会。后来孩子多了，穿衣困难，她就下决心学。从纺线到织布，都学会了。我从外面回来，看到她两个大拇指，都因为推机杼，顶得变了形，又粗、又短，指甲也短了。

后来，因为闹日本，家境越来越不好，我又不在家，她带着孩子们下场下地。到了集日，自己去卖线卖布。有时和大女儿轮换着背上二斗高粱，走三里路，到集上去粜卖。从来没有对我叫过苦。

几个孩子，也都是她在战争的年月里，一手拉扯成人长大的。农村少医药，我们十二岁的长子，竟以盲肠炎不治死亡。每逢孩子发烧，她总是整夜抱着，来回在炕上走。在她生前，我曾对孩子们说：

"我对你们,没负什么责任。母亲把你们弄大,可不容易,你们应该记着。"

四

一位老朋友、老邻居,近几年来,屡次建议我写写"大嫂"。因为他觉得她待我太好,帮助太大了。老朋友说:

"她在生活上,对你的照顾,自不待言。在文字工作上的帮助,我看也不小。可以看出,你曾多次借用她的形象,写进你的小说。至于语言,你自己承认,她是你的第二源泉。当然,她瞑目之时,冰连地结,人事皆非,言念必不及此,别人也不会做此要求。但目前情况不同,文章一事,除重大题材外,也允许记些私事。你年事已高,如果仓促有所不讳,你不觉得是个遗憾吗?"

我唯唯,但一直拖延着没有写。这是因为,虽然我们结婚很早,但正像古人常说的:相聚之日少,分离之日多;欢乐之时少,相对愁叹之时多耳。我们的青春,在战争年代中抛掷了。以后,家庭及我,又多遭变故,直到最后她的死亡。我衰年多病,实在不愿再去回顾这些。但目前也出现一些异象:过去,青春两地,一别数年,求一梦而不可得。今老年孤处,四壁生寒,却几乎每晚梦见她，想摆脱也做不到。按照迷信的说法，这可能是地下相会之期，已经不远了。因此，选择一些不太使人伤感的断片，记述如上。已散见于其他文字中者，不再重复。就是这样的文字，我也写不下去了。

我们结婚四十年，我有许多事情，对不起她，可以说她没有一件事情是对不起我的。在夫妻的情分上，我做得很差。正因为如此，她对我们之间的恩爱，记忆很深。我在北平当小职员时，曾经买过两丈花布，直接寄至她家。临终之前，她还向我提起这一件小事，问道：

"你那时为什么把布寄到我娘家去啊？"

我说：

"为的是叫你做衣服方便呀！"

她闭上眼睛，久病的脸上，展现了一丝幸福的笑容。

一九八二年二月

那边多美呀! / 刘心武

一

我妻吕晓歌2009年4月22日晚仙去。

我不能承认这个事实。我不能适应没有晓歌的世界。

一些亲友在劝我节哀的时候,也嘱我写出悼念晓歌的文字。最近一个时期,我写了不少祭奠性文章,忆丁玲,悼雷加,怀念孙轶青,颂扬林斤澜……敲击电脑键盘,文字自动下泄,丝丝缕缕感触,很快结茧,而胸臆中的升华,也很容易地就破茧而出,仿佛飞蛾展翅……但是,提笔想写写晓歌,却无论如何无法理清心中乱麻,只觉得有无数往事纷至沓来,丛聚重叠,欲冲出心口,却形不成片言只语。

晓歌一生不曾有过任何功名。对于我和我的儿子儿媳,她是一个伟大的存在,但对于社会来说,她实在过于平凡。人们对悼念文字的兴趣,多半与被悼念者的公众性程度所牵引。晓歌的公众性几乎等于零。这也是她的福分。

王蒙从济南书市回到北京,从电子邮件中获得消息,立刻赶到我家,我扑到他肩上恸哭,他给予我兄长般的紧紧拥抱。维熙和紫兰伉俪来了,维熙兄递我一份手书慰问信,字字真切,句句浸心。燕祥兄来电话慈音暖魂。李黎从美国斯坦福发来诗一般的电子邮件。再复兄从美国科罗拉多来电赐予形而上的哲思。湛秋从悉尼送来长叹。我五本著作的法译本译者,也是挚友的戴鹤白君,说他们全家会去巴黎教堂为晓歌祈祷……他们都是公众人物,他们都接触过平凡的晓歌,他们都告诉我对晓歌的印象是纯洁、善良、正直、文雅。老友小孔、小为及其儿子明明更撰来挽联:"荣辱不惊,风雨不悔,红尘修得三生幸;音容长在,世谊长存,青鸟衔来廿载情。"但是唯有我知道得太多太多,可我该如何诉说?

忘年交们,颐武、华栋、祝勇、小波和小何、李辉和应红……我让他们过些时再来,他们都以电子邮件表示会随叫随到。我知道我们大家都处在一个世态越见诡谲、歧见越发丛滋、人际难以始终的历史篇页中,但我坚信仍有某些最古朴最本真的因素把我们心灵中最柔软的部分黏合在一起。这个世界每天有多少人在死亡，但他们仍真诚地为一个平凡到极点的师母晓歌的仙去而吃惊，为夕阳西下的我的生理心理状态担忧，这该是我对这世界仍应感到不舍的牵系吧？

温榆斋那边的村友三儿从老远的村子赶到城里的绿叶居，一贯不善于以肢体语言交流的他，这次见到我就拉过我的双手，用他那粗大的手掌握了拍，拍了揉，揉了再握，憨憨地连连说："这是怎么说的？"

和三儿对坐下来以后，我跟他说："三儿，我想写写你婶，可就是没法下笔。"没想到他说："就别写呗。"三儿告诉我："我爹我妈特好。就跟你跟婶那么好。特好，就不用说什么话。"三儿爹妈相继去世十来年了。他说他还记得有一天的事情。那一年他大概十来岁。他妈给他爹刚做得一双新鞋。鞋底是用麻线在厚厚的布壳帛上纳成的，鞋面又黑又亮。那天晌午暴热，他爹光着膀子，穿条缅裆裤，系条青布腰带，穿着那双新鞋出门去了。忽然变了天，下起瓢泼大雨。他妈就叹气，那新鞋真没福气！过了一阵，他爹回家来了。浑身淋得落汤鸡一般。他爹光着脚，满脚趾渍着烂泥。新鞋呢？三儿妈和三儿都望着三儿爹。三儿爹身姿很奇怪。他两只胳膊紧紧压着胳肢窝，胳膊上的肌肉和胸脯子肉都鼓起老高绷得发硬。

他也没说什么，三儿看出名堂来了，就过去，从爹胳肢窝里先一边再一边，取出了紧紧夹在那里面没有打湿的新布鞋来。三儿妈从三儿手里接过那双鞋，往炕底下一放，就跑过去捶了三儿爹脊背一下，接着就找毛巾给他擦满身雨水……

是呀，三儿爹和三儿妈，包括三儿，在那个场面里，甚至并没有一句语言，但是，那是多么真切的家庭之爱！

我听到此，强忍许久的泪水忽然泉涌。晓歌仙去后，我多次背诵唐朝元稹悼亡妻的《遣悲怀》。"昔日戏言身后意，今朝都到眼前来。""诚知此恨人人有，贫贱夫妻百事哀。""闲坐悲君亦自悲，百年都是几多时！""唯将终夜长开眼，报答平生未展眉。"……越过千年，穿过三儿爹妈暴雨时的场景，直达我失去晓歌的心底深处，始信有些情愫确属永恒。

我要将关于我和晓歌共同生活岁月里的那些宝贵的东西，像三儿爹把三儿妈新鞋紧夹在腋下不使暴雨侵蚀一样珍藏。"就别写呗"，我心如矿。

二

晓歌仙去后，多日无法安眠。蒙兄郑重地劝我用药。终于还是没用。十天后，渐渐可以断续入睡。总盼梦中能与晓歌重逢，但连日梦里来了一些平日忘掉的人，却并无晓歌身影。直到晓歌仙去后的第二十三天，应该已经是5月15日早上了，我睡在床上，忽然听到窸窸窣窣的声音，那正是晓歌以往在卧室走动的衣衫摩擦声，多么熟悉，多么亲切！我睁开眼，呀，分明是晓歌回来了！我就从被窝里伸出一只手，招呼她："晓歌，你回来了么？"晓歌就走过来，蹲下，握住我的手！呀！那是多么幸福的一瞬！……然后，晓歌就站在梳妆台前，梳她的头发。她什么也没说。她又何必说什么！

……忽然又是在我们新婚后居住的柳荫街小院里，耳边似有当年邻居高大妈、李大婶说话的声音，晓歌继续梳头，我看不到她面容，只觉得她垂下的头发又长又密又黑，她就站在那边默默地用梳子梳理着……我就发现晓歌买来了新菜，一种是带着一点黄花的微微发紫的芥蓝菜，一种似乎是芹菜，量不大，根根清晰，体现出她一贯少而精的原则，我自觉地把菜放到水盆里去清洗……

……忽然我又躺在床上，仍有窸窸窣窣至为亲切的声音……多好啊！但……忽然想到那天我亲吻她遗体的额头，以及跟她遗体告别……那才是梦吧？我挣扎着从床铺上坐起来，仔细地想：究竟哪一种才是梦？……

……不知道为什么从床上下来后，竟面对一条长长的走廊，我顺那走廊跑,开始绝望:原来晓歌回家是梦!……

于是醒过来。晓歌真的没有了。再不会有她走动时衣衫发出的窸窸窣窣的声响了。想痛哭。哭不出来。

才顿悟,原来,她于我,最珍贵的,莫过于日常生活里那窸窸窣窣的声响,包括衣衫摩擦声,也包括鞋底移动声,还有梳头声……

自从三儿给予"就别写呗"的至理箴言,我就决定将那许多许多的珍贵回忆深藏为矿。儿子远远试图引我回忆我和他妈妈的那些酸甜苦辣,我也只跟他讲到一个镜头——

那是1974年,他三岁,我和晓歌带他回四川探望爷爷奶奶,爷爷奶奶那时候被遣返到祖籍安岳县,需先坐火车到成都再转长途汽车方能到达。在成都,挤公共汽车的时候,我把他们母子推塞进了车门,自己却怎么也挤不上去了,被甩在了车下。那时成都的公共汽车秩序一片混乱,一辆来过,下一辆什么时候来,或者干脆再不来了,谁也说不清。我心急如灌沸汤。弱妻幼子,他们在成都完全找不到方向,那时候哪有手机,他们和我失去了联系,天已放黑,如何是好?总算又来了一辆摇摇晃晃的公共汽车,总算在站前停下,但我们等车的挤作一团,谁也挤不上去!那汽车竟又开走了。我绝望了!我想我不如徒步去往要到达的那一站。但那需要多长时间?他们母子就算平安地到站下了车,该在那里等我多久?天完全暗了下来,那时街灯多被打碎,一片漆黑!忽然,又来了一辆公共汽车,有人喊:"末班末班!"为了妻儿,我拼足全部生命力往上挤,我挤上去了!

我在目的地那站挤下了车,我一眼看见了我的妻儿站在那里等候我,妻拉着儿一只手,表情看不清,但儿子却使用了鲜明的肢体语言——他一只手没有脱离妈妈,另一只手使劲挥舞,而且,他抬起一只脚,再重重地落到地上……我迎上去,儿子另一只小手立即伸过来让我紧紧地握住……我们,大时代里三个卑微的生命,经过一段锥心的离别,终于又会合到了一起,并为这样的重聚而感到深深的欣慰……我对已经快到不惑之年的儿子说:远远,我们就是这样,穿越岁月的风雨,作为三粒尘埃,依偎着生存过来的,而现在,一粒尘已经仙去,我们两粒还在人间,尽管对人生的意义有许多宏大的理论、严厉的训诫、深奥的探讨,但我以为,记住那次我们短暂而漫长的离别与卑微而深沉的重逢之乐,也许也就理解了亲情在人生中的全部意义……

远儿说他完全不记得三岁时的那次失散与重聚。但听了以后他热泪盈眶。

我把他妈妈第一次梦回的情形讲述给他。我找出宋朝苏轼的《江城子》词读给他听:"……夜来幽梦忽还乡,小轩窗,正梳妆……"

亲爱的晓歌，愿你常回家，在你的梳妆台前窸窸窣窣地梳理你的长发……

三

"针线犹存未忍开。"晓歌的遗物，应该清理，却不忍清理。

我和晓歌是新式夫妻。我们互相尊重对方的隐私。晓歌嫁给我以后没带过来什么隐私物品，但她后来有自己的一些笔记本，她会从报纸上剪贴下一些自己觉得喜欢或可资参考的文章图片夹在里面，也会写下一些给自己看的话语，她应该断断续续地记过一些日记，还有我们一起旅游归来后的一些追忆性文字，我猜想也会有一些我跟她争吵后（有几次非常激烈很伤感情）她对我的怨言甚至意欲分手的气话。我们的争吵究竟源于什么？追忆起来似乎真是"风起于青萍之末"，都属于"蝴蝶效应"，比如一件东西究竟是放在卧室衣橱里好还是搁到阳台杂物柜里好，可能就是一场大风暴的起始点，我或是正碰到文章写不顺发不畅之类的情况，自以为烦躁有理，她或是生理上恰失平衡正在难受，于是话赶话，抬硬杠，越吵越离奇，直到她气得咽哭，我才会幡然悔悟，到最后，总是我真诚地去抱着她双肩频频认罪忏悔，过一阵她似乎也确实原谅了我。但在她仙去后，这些令我痛苦的回忆越发地凸现出我性格中的劣质成分，使我意识到，从某种角度看，我实在是一个社会畸零人和家庭怪人，难为晓歌几十年竟终于还是宽厚地容纳了我。

我惹过多少事啊！光"舌苔事件"，试想一下，你家的电视机里播放着《新闻联播》，忽然新闻主播表情严肃到极点地告知全世界："现在播出一条刚刚收到的消息……"这条消息点了你家男主人的名，他惹了泼天大祸，被停职检查，那女主人会怎么样？那一天，我作为被点名的男主人，尽管还算镇定，心里也还是有些个发慌，而作为女主人的晓歌呢？我已经记不得她的具体表现，总之，她让我非常舒服，完全没有在外面压力上再增添哪怕一丁点儿家里的压力或抑郁……凡遇大事她总如此，她会为一样东西不该被我鲁莽地扔进阳台储物柜跟我动气，却绝没有为我在社会上惹出的祸事上给予我一句的埋怨和一丝反常的脸色——其实往往明明株连到她。

晓歌也曾偶一为之地将她隐私笔记本里的一段文字抄录给我——尽管那时我已经使用电脑处理文字，她却始终还使用纸笔——表示愿意公开，我读了后一字未动地代她投给了《羊城晚报》，而他们也就原封未动地在《花地》副刊上刊出。那是晓歌在1997年和我一起应日本基金会邀请访问日本后，在1998年写

成的。我将其录入了电脑,现在引用在下面:

宫岛的鹿

吕晓歌

去秋,我随先生前往日本访问。去濑户内海的游览胜地——宫岛那天,太阳躲在灰暗的云层里,散落着细细的雨丝。我们乘游轮抵达宫岛,进入游览区宽敞的售票大厅。鹿!几只小鹿!我一时惊喜万分!这之前,陪同的翻译山根小姐虽已向我们介绍过宫岛上有许多鹿,但如此地开门见山是不曾预料到的。几只鹿正徘徊在过往的游人间,那温和的目光像是在期待着什么,还有几只鸽子在鹿的脚边觅食。我感到很惊讶,原来人与动物能这般地互不干扰,这般地和谐吗?这时我发现有一只鹿正从果皮箱口处拽出一张纸片在咀嚼着,它们一定是饿了。我自幼喜爱动物,那鹿饥饿的样子,令我心中不忍,于是赶忙走到大厅一角的小卖部用了三百日元购得一包饼干,走过去给那几只鹿喂食,一片片递到它们口中。开始我有些紧张,虽然知道鹿是以植物为食且性格温驯的反刍类动物,但如此没有阻隔地与它们接触,却是有生以来第一次。但我很快就发现它们灵巧得很,在接受食物时,叼食准确却又对人秋毫无犯。我坦然喂食,倏地不知从哪里一下子冒出来十几只大大小小的鹿,它们闻风而来,将我紧紧围住,争着获取我手中的食物。我这才有些惶恐,担心招架不住它们,但更多占据心灵的仍是快乐,那无与伦比的快乐!我将手中最后一块饼干投给了一只只及人膝盖高的小鹿,然后向它们挥挥手,对不起,山根小姐在等待我们上路了。

进入宫岛内,展现在我们面前的是一幅十分壮观秀美的"浮世绘":蔚蓝色的大海环抱着郁郁葱葱高达五百三十米的弥山,山上分布着多个天然公园,那里有浓荫蔽日的原始森林,有四季盛开的鲜花、碧青的草、翠绿的松和多彩的秋叶,其间掩映着大大小小体现着日本独特风格的宗教建筑——神社、寺院和茶室,真是如诗如画的人间仙境。我与先生都已到了知天命的年龄,自然放弃了登山,由山根小姐指引,漫步在山脚下一条蜿蜒的小路上。这时你会发现所经之处与目光所及的地方,路旁、树下、溪边、山坡上、草丛中……时时可见到那俏丽多姿的鹿影。它们是这岛上放养的小型鹿,体态轻盈玲珑,最大的不超过人的胸,通体浅棕色,背上带有白色的斑点。天公奇妙地赋予了这些生灵们华美的盛装,雄鹿头上都伸展着一对丰硕的权角,它们都有一双温静如水的眼睛,一副安安然然的体态,它们以生命的美丽点缀着大自然的山山水水,也给游人带来无尽的欢趣。

原来这岛上出售一种专为游人提供喂鹿的食物,只要五十日元一包,打开看里面是一些面包干,我买了几包一路上投喂它们,当时心想:假如身边有一群孩子,我定会让他们人手一份,使他们从小懂得要关爱这些大自然的生灵。

不觉中,我们步入了一条热闹的商业小街,街两旁充满了出售琳琅满目的旅游纪念品的摊档小店,及具有地方风味的餐厅、茶室,就在这条人来客往、熙熙攘攘的小街上,鹿仍然可以畅通无阻,不见有人驱赶它们,而它们也十分守规矩,尽管那些店铺的大门都是敞开的,它们并不贸然入内。有的鹿像嘴馋的小孩,一路上跟着我们要吃的,久久不肯离去,个别顽皮的还将头碰碰你。先生是个谨慎从事的人,他一边挥动着雨伞企图阻止前来"冒犯"的小鹿,一边说:"当心啊!它们毕竟是兽,是缺乏理性的!"他的忠告也许是对的,但我却不以为然,狼食小孩的故事虽由来已久,但那却是久远的事了,现代人将地球上的动物都快杀光吃尽了,却还大言不惭地声言人是理性的,细想起来,人生在世所受的种种伤害,有多少是来自缺乏理性的动物呢?

一阵急促的雨点落下,我们顺势进入一家茶店坐下来休息品茶。山根小姐说:"前些时,曾有人嫌宫岛上的鹿日益增多,提出要予以裁减,但遭到热爱动物人士的坚决抵制,"她边说边巡视着窗外,"不过今天显然比以往看到的鹿少多了。"啊?!我感到浑身一阵发紧,继而,山根小姐转过身与正在忙碌的女老板对话,然后对我们说:"问过了,鹿一只都不少,今天因为是雨天，它们大都在山里没有出来。"听了她的解释，我一颗悬起的心才慢慢地平复下来。我手捧着碧绿、清香的日本煎茶，心中默念着："宫岛的鹿，祝你们永远平安！"

在离开宫岛前，我精心选购了一对木制的、上面有着精美鹿影的壁挂带回北京，将这段记忆永存。

和我一起重读这篇文章后，儿子说：其实妈妈写得比你好，这才真是文如其人啊！

是的，直到她仙去的前一天，晚饭后她还提着小纸袋去给楼区里的流浪猫送猫粮和干净的饮水。这个蔚蓝色的纸袋以及里面剩余的猫饼干和水瓶，我们现在搁在她遗像下。

但我和儿子都还不忍去触动她床头柜抽屉里的那些包括大小不一的笔记本等遗物。我们也许会永远保留，却并不翻阅。

四

我自己一直保留着一些从十三岁以来的大小不一的笔记本。从婚前一直保留到婚后。其间由于种种原因丢失损毁了一些，加上旧书信旧照片，现在也还足可填满书柜的一格。除旧照片不算隐私早已公开外，其余的东西晓歌从不曾过问，我也一直没有拿给她看过。

2008年，我曾想把一个1955年的读书笔记本拿给她看，跟她预告过，她也表示有兴趣，但因为种种原因，未能实现这项交流。

那是我现存最早的一个笔记本。是十三岁时候的东西。

笔记本很小，长15厘米、宽10.5厘米大小，厚约1厘米，并没有写满。里面粘贴了一些从报纸上剪下的作家像，有鲁迅、普希金、海涅、雨果、塞万提斯、惠特曼、聂鲁达……

那时候我读到些什么？喜欢什么？

自然，第一页上我就恭楷抄录了苏联作家尼·奥斯特洛夫斯基的名言："人最宝贵的就是生命……人的一生应该这样来度过……献给世界上最壮丽的事业——为人类的解放而斗争。"

接下去是俄罗斯作家安·契诃夫的话："人的一切都应该是美丽的：面貌，衣裳，心灵，思想。"

我抄录了不少诗，其中有雨果的《啊，太阳》："呵，太阳，神明的面孔/山沟里的野花/听得见音波的山涧/细草丛中飘荡着芬芳/呵，树林里四处逼人的荆棘……"也有中国那时候儿童文学作家田地的《家乡》："一条小路沿着山脚与河岸/弯弯曲曲又细又长/就是天天走这条小路也不厌烦/因为没有比家乡更好的夏天/可以在大枫树下乘风凉/再没有比家乡更好的月亮/可以在打谷场上捉迷藏……"

我为苏联一位并不怎么著名的作家奥·哈夫金写的反映后贝加尔湖地区中学生参军在卫国战争中英勇牺牲的长篇小说《永远在一起》感动得不行，写下颇长的读后感，还抄录了书中的片段。我喜欢安徒生童话，为许多篇目都写了读后感，但对王尔德的《快乐王子集》（巴金译）我这样写道："前面有的故事说明不要自私，更不要虚荣，反映出那个时候社会的不公平，还有'哲学其实是一团肮脏无人道的东西'……但倒数第二个故事我还不大明白，总的来说这本书不大使我满意……"

我前后提到的书计有（不按时代地区分类只按出现顺序）：《杨柳树和人行道》（苏联华希列夫斯卡娅）、《鼓手的命运》（苏联盖达尔）、《古丽亚的道路》《卓娅和舒拉的故事》（均为苏联英雄传记）、《猪的歌》（日本左翼作家高仓辉的小说）、《铁门中》（周立波）、《真正的人》（苏联波列伏依）、《绿野仙踪》（美国法兰克·鲍姆写的长篇童话）、《斯巴达克》（未记下究竟是哪个版本）、《太阳照在桑干河上》（丁玲）、《李有才板话》（赵树理）、《腐蚀》（茅盾）、《红色保险箱》（苏联反特小说）、《草叶集》（美国惠特曼诗集，楚图南译）、《儒林外史》（清朝吴敬梓）、《洋葱头历险记》（意大利儿童文学作家罗大里的长篇童话）……

我想给晓歌翻看这个笔记本，除了打算引发出我们也许有过的相同或不同的阅读记忆，找到我们之所以能走到一起并持续相伴的心灵密码，也是因为在这个小小的笔记本里，还夹着几张压平的糖果包装纸——我们少年时代都攒过糖纸；还有我从杂志上剪下来的彩色的小白兔扶着猎枪叉着腰的画像——那时候根据苏联作家米哈尔科夫创作的童话《骄傲的小白兔》拍摄的电影《小白兔》热映颇久，那"提倡集体主义反对个人主义"的主题在课堂上老师反复向我们讲述过，也让我们写过相应的作文……见到这些东西晓歌一定会莞尔……

而且，我有绝对独家的东西让她观看，那体现出我在十三岁时确实已经有着鲜明的个性，而这个性中具有优美的成分，就凭这个，晓歌后来跟我的结合应是无悔的……

那是夹在这个笔记本里的一幅钢笔画。不是临摹别人的作品。是我自己想象出来独立完成的。它画在一张薄薄的片艳纸上。那个时代我们做数学作业都使用那样的纸张。一张16开的片艳纸，对裁再对裁，成为64开的一小张，就在那上面，我画了两个姑娘，站到一个有矮矮的栅栏的悬崖上，朝前面开阔的田野和河流眺望，高一点的姑娘梳着两条长辫子，似乎在指着前方说："那边多美呀！"矮一点的小姑娘短辫上扎着蝴蝶结，提着个小篮子，朝美好的那边望去……

我想让晓歌看这幅我十三岁时候画出来的钢笔画。画出这幅画十五年后，我们相遇并且结婚，过了一年我们有了宁馨儿远远……

我们经历过那么多风雨坎坷，我们也有过那么多甜蜜欢乐。"那边多美呀！""那边"原来只意味着生活中尚未来临的时日，现在，晓歌仙去了，也就意味着一定有着某种生命的彼岸，晓歌先一步，我也会终于抵达……我们会在神秘的"那边"重逢，那边肯定是美好的！

我已经把这幅画复制放大，挂在我们的卧室里。晓歌，你再回来时，我又会感觉到窸窸窣窣的声响，那一定是你在一边梳头一边欣赏这幅图画。

2009年5月15日下午至晚上一口气写成

她就是她（节选） / 冯亦代
——悼亡妻郑安娜

清晨我推开厨房门，只见安娜倒在地上正挣扎着要起来，听我着急的发问，她说要拾一只落在地上的盘子，手里却正捏着那只要命的盘子。我当即意识到她中风了，连忙喊来邻居，七手八脚把她扶起，赶紧打电话给同院里住的程乃新，要她找我的朋友张勤大夫，一面通知女儿冯陶，还向机关要了车。人车都来了，张勤大夫说赶紧送医院。我默默地送她上了车，她最后嘱咐我的话却是"昨天的《今晚报》没有收到，不要忘掉问邮递员"。

我那时脑子已经发木了，只有两种念头在我脑子里盘旋着：一个是她这一去就此不回来，那该是她的造化；一个是她去了又回来，那可有得苦吃，且不说她那只好眼要受影响，单是缠绵床笫也就够她受的了。人去后，楼里空荡荡的，我伫立在窗前，木然望着窗外的那棵大树,眼泪不自觉地滴满了我的衣襟,也许我再不能听到她那柔和悦耳的女中音了,我也再不能支使她问这问那了。

陶儿打电话回来,说北大医院已做过CT,血压较高,医生的判断是脑出血,面积相当大,正在抢救之中;但是安娜的神志似乎还清楚,不断说屋里太黑了,只听到有许多人在走动。我听了心里又是一沉,这情况说明她终于两眼都失明了。我呆坐在书案前,我想着头天晚上我们听相声录音时的欢愉,然而一切都如在梦里。这天是一九九一年一月四日的清晨。

到五日中午,陶儿来说安娜讲了一天的话,都是讲当天要做的事,快到中午时,她睡着了,睡得很沉,情况似乎有些好转。到了下午浩、陶兄妹二人来说医生建议开颅治疗,希望听取家属的意见。我们答复只要能够挽救病人的生命,什么医治的方法都同意。可是到了晚上,神经外科大夫来看CT的结果,说出血面积太大,已经压迫她的脑子偏向左侧,而且安娜高龄体弱,手术的前途也不能预卜,所以大夫否决了开颅的建议。

六日,安娜整日睡眠,可以听见她平静的呼吸,大夫为她一天两次输液。到七日清晨六时四十分,孙女小英听听病人没有动静,便按了她的脉搏,却已停止跳动了。女儿打电话叫我去医院,只见安娜平静地睡在床上,面孔显得十分安详,和她平日一般无二，就这样她告别了人间，我低声抽泣，怕声音响惊动了她。轻轻地，我在她额头吻了一下，把白被单蒙上了她的头部，从此诀别了几十年忧乐相守的安娜。

就在去年十二月中旬，老友龚之方和曹孟浪来看望我们，之方看看我长出了几根白眉毛，说这是寿眉，主长寿。他们走了以后，安娜高兴地对我说："你长了寿眉，现在势必由我比你先走了。"我说如果我不能比你先走，至少要两个人一起走。她说天下没有这样称心的事，于是我们就不再谈了。后几天，我们正对坐读书时，她忽然对我说她死后不要开追悼会，不要念悼词，不要进八宝山。她说她原来是个平凡不足道的人，何必死后再折腾亲友。我说我也是这样想的。她说那好，我们死后都将骨灰撒在流水里。这些原是戏语，想不到竟成了她的生前谶语。

今年水仙花迟开，家里临窗种的朋友何为馈赠的那棵，尚未含苞。安娜是钟爱水仙的，每年像看护婴儿一样。我好不容易在花店里找到了盛开的两盆，供在她身前，这是我送她最后的礼物。水仙花的洁白，正如她清白的一生。她没有飞扬跋扈的时候，也没有垂头丧气的日子，她就是她：恬淡，宁静，悄悄做人。大概是徐志摩的诗句吧，我悄悄地走了，正如我悄悄地来，我以为这是她最好的写照。

我在一束花的飘带上写着："你慢慢走，等着我吧！"女儿冯陶要我不这样写,我拗不过她,便改写了其他的字句,但在我内心深处,我还是这样想的。安娜走了,我好像身体的一半也跟着去了。四月十八日是她去世后的一百天,我带着孩子们去万安公墓探望她。那样一间屋子静悄悄的带着凄凉味道。但是出得门来却是两株盛开的玉兰。那她该高兴了,因为她爱的是水仙、玉兰、太阳花和枫叶。何况她的北面就是故友诗人戴望舒的墓地,一位她钦佩的人,如果一个人死后有灵,她不会感到寂寞。

一封无处投递的信 / 冯亦代

娜,亲爱的人:

至少二十年,我已没用这个称呼给你写信了。如今提起笔来,似乎那些在大学的日子,又回到了眼前,然而又是多么遥远的日子!

今天是旧历壬申年的除夕,明天元旦就是你的生辰,想不到我们都已到了八十岁。我们原想共同庆祝这耄耋之年的来临,如今却已不可能;因为我尚在人间,你却已魂归离恨天了。除了我对你的朝夕思念,还能有什么呢?

年前何为还是寄来了四棵水仙,这是他托人在漳州买的;路远迢迢,显出他对你我的友情。虽然到我手里的日子已晚,但我还是竭尽养水仙的知识,使她居然在今晨绽出了第一朵花朵,你可以知道我是如何欣喜了。在你的生辰时开花，这不是个好兆头吗？然而你，你在何方？你能看到这朵饱含友情的小花吗？但愿你今宵能入我梦中来。我婆娑着泪眼，注视这朵小花，似乎在窗前又出现了你的身影，你爱抚着她，又回首对我笑笑，像是说我们欢乐的日子又回来了。然而这样的日子连梦里亦少来临。我多么想每个清晨和你一同赏花，每个夜晚能和你一同欣赏屏幕上的演出，然而这样的日子已是隔世了。

每天上午我工作时，总播放着音乐，那还是你亲手录制的李斯特的《匈牙利狂想曲》，肖邦的钢琴曲，我听得差不多可以背出来了，因为那是我们爱听的乐曲。你不是在生前找不到贝多芬的《田园交响曲》和《命运交响曲》的录音带吗？我已经在尘封的书架上找到了。听着，听着，我不禁流下泪来。安娜，你能知道我对你的思念吗？

今年暮春新夏，何为和我应西湖编辑部之邀，去了富阳和杭州，回京的路上，我在上海逗留了三天。陶儿陪我去的，她不放心我一个人旅行。我们在富阳去了达夫故居和鹳山。我在这两处寻找郁风那幅《白屋人家》的原址，可是言人人殊，始终也找不到。一直到北京和Fafa说起，才知道这原址在县委大院里。我们那时欣赏她的画，说几时有机会，能到那里去消磨几天，如今也徒成了空话！

在杭州我们住在满觉陇"文艺之家"。记得你生前曾多次和我共读郁达夫的《迟桂花》,往往沉浸在无可奈何的气氛里。你说这个故事写得使人动情,所以在你生前的最后几个月里,我们多次欣赏这篇小说,为故事中的怅惘心情感到心也为之收缩起来。如今则他们生离,我们只有死别了。

到了上海,老同学们在青年会为我祝寿,第二晚则是在锦心家里吃的饭,过了两个愉快的夜晚。但我总觉得心上缺少了什么,当时还不清楚,以后才想到同学们在谈话中,都避开提到你的名字。当夜在逆旅里我久久不能入睡,思念着你,这无边无际的思念,这辈子大概不会离开我啦!

这次旅行,我上山登石阶。爬狭窄的三楼扶梯、走远路都经过了考验。陶儿很高兴,使她一路的担心,逐渐淡去。你离开人世以后,郁风来信问你去后我有否进过医院,她忧虑我对你的离去,是否能安然处之。Fafa将我回家后写的富阳和杭州之行文章,都寄给她了。我也告诉她我虽落入深沉的悲痛之中,但还是挺了过来。我一定要以自己的残年,写完我要写的文章,这是我告别你时定下的心愿。想想我曾经蹉跎了多少青春年华,读得少,想得少,做得少,写得更少。在两人共同生活时,并不觉得岁月之可宝贵,等到只能一人索居时,悔之晚矣!人就是这样矛盾的动物。郁风来信要再画一张《白屋人家》给我,然而你已永远不能看到了。

我现在每天上午埋头书案，不是读就是写，然而生活里总缺少个你。有好书时，无人一同欣赏，写了文章，又缺少一个为我把关，提出异议或共同讨论的人。有时想不起一个生僻的字眼，也无人可问。这时就会显出你的身影来，可是那只是虚幻的梦境，除了胸头的隐痛，我还有什么呢？最苦恼的是没有一个可以谈谈心里话的人，每日我所对的还是那四壁的图书，和无可宣泄的不了情。

一位我们的老友吴大夫，深以我的独居为念，曾经要为我介绍一个老伴；然而你去了，我的心已同泥絮，没有这种豪情了。如果爱我的人已经永远离去，那是命运给我的安排，我又何必违反她的意志呢？一个可以白头偕老的人，一生只能有一位，无论在世时，两人之间经历什么风风雨雨，可是到头来，你所永世不能忘怀的只有是她，别人是没法替代的。

下个月我要搬家到女儿处了。这几天女儿正在为我收拾新居，地上铺地板，墙上加油漆，顶上挂上光线柔和的灯具。她还要为我买一张餐桌和六把椅子，使我可以招待至友们来吃饭饮茶；现在已经大致收拾出来了。这是我有生以来第一次有自己的家。想想我们做了六十多年夫妻，可几时我们有个像样的家。在香港新婚，我们只有一间睡觉的屋子和一个大阳台，一张床和几个圆墩,都是租来的。后来搬到琉璃街,算是买了床、衣柜、几把藤椅和书桌书架。可是日帝侵占香港,这些家具也就完了。在重庆,我们先是暂住在朋友家的小阁楼里,连多一把椅子也放不下。后来迁入罗家湾宿舍,朋友们看见我的寒酸,送了我一张床和一套沙发及一口衣柜,书桌还是公家借用的。抗战后回到上海住在你家里,只买了一张床,其他都是你母亲供应的东西。新中国成立后到北京是供给制,什么都是公家的。五十年代初搬进羊市大街新宿舍,算是自己有了家具。那些显出光亮的红木书柜,还有屋角的沙发,你母亲送给陶儿的钢琴。但到后期,这些家具和我的藏书,不得不卖了去换饭吃。一九七二年,分处东、南、西、北的一家四口才算又住在一起,算是交脱了"华盖"运。这一次陶儿一定要使我有个像样的家,她在操办着一切。然而没有了你,这里也只能说是逆旅。正如老友姜德明开玩笑说,他虽然又迁一次新屋,最终也不过是直的进来,横的出去而已。

我们两人都看轻身外之物,你连出国穿的衣服也是用我的旧西装改制的;我们宝贵的只是那些书籍,特别那些我们读了又读的书籍;然而一旦闭了眼睛,这一切也还是空的。还有那些外国音乐和你辛苦收录的相声录音带,这也受到我们的钟爱;但是自从你一走,相声我也不听了,昨晚偶然看到屏幕上侯公宝林和郭启儒先生在演酒醉人的醉态,大笑了一场,过后心里还是一阵凄楚，甚至这一切有一天也会灭迹的。

　　写到这里，我禁不住泪水盈眶。这封信是多余的，因为你已永远看不到了，但是写下来可以使我心里好过一些；否则这些话，我又与谁诉说呢？

　　一月七日你忌辰两周年的清晨，我天没透亮就起身了，默坐在窗前，思念着你。后来我点燃了一炷藏香，这是小熊从西藏带回来送给你我的。藏香发出一缕甜味，这味儿你闻了会喜欢。明天我要点上三炷，盼望你能来。

　　再见了，永生的朋友，我亲爱的人。

你的亦
一九九三年一月二十二日晨

有林林的日子里 / 李娟

在巴拉尔茨，我和拉铁矿石的司机林林谈恋爱了。我天天坐在缝纫机后面，一边有气无力地干活，一边等他来看我。远远地，一听到汽车马达轰鸣的声音，就赶紧跑出去张望，为这个，都快给建华（我妈新招的徒弟）她们笑死了。

但是，我们见过第八次面后就基本上没戏唱了。真让人伤心。

谈恋爱真好，谁见了都夸我男朋友长得帅，太有面子了。而且他每次来看我的时候，都会给我带一大包吃的东西。

而且，他还是开白色黄河车的呢，黄河车是我们这里所有的卡车中最高大最长的，和它比起来，其他的"解放"啊、"东风"啊都可怜得跟小爬虫一样（不过很快矿上统一更换了康明斯和斯太尔卡车，黄河车就一下子变得土里土气的了）。每当我高高地坐在驾驶室里时就特兴奋。要是他的车坏在路上了，就更高兴了，因为那时我就可以帮他打千斤顶。打千斤顶是一件很有意思的事，想想看，那么重那么大的车头，我随便摇几下，就把它高高撬起了，好像我很厉害似的。

每次我都紧紧地挨着他，坐在驾驶员座位旁的引擎盖子上，惹得一路上打照面的其他司机，看到了都多事地踩一脚刹车，摇下玻璃，假装好心问一句："能不能换挡呀……"

后来我学会了辨认柴油车和汽油车的马达声，这样，远远地听一听，心里就有底了，不必像原来那样只要一听到有汽车声音就傻头傻脑往外跑。但是，不多久，居然又给她们看穿了，一有动静，她们总是会比我先作出判断："耳朵别支那么高了，这个是汽油车！空喜欢一场吧你？"……唉，等待真是漫无边际。

我们平均十天见一次面，而每天从我们这里经过的车大约有二十辆，也就是说，每过二百辆车之后，他的大白车才有可能出现一次。这条土路多么寂寞啊！傍晚凉快下来的时候，我会沿着路一直往上走。天空晴朗，太阳静静地悬在西天，鲜艳而没有一点热气。光滑的月亮浸在清澈晶莹的天空中，空旷的河谷对岸是暗红色的悬崖。这条路所在的地势很高，风总是很大。站在最高处，可以看到山脚下的那段土路静静地浮着，白茫茫的。这时有尘土浓重地荡起，由远而近来了。我高高站在山坡上等了好一会儿,尘土中才慢慢吞吞挪出一辆载满矿石的东风141……仍然不是林林。

林林的车还有一个最明显的标志:车斗的包垫上总是高高地插着一把铁锨。

第一次看到他时,他在我面前停下车,检查完包垫,把铁锨顺手往那里一插,然后转过身对我说:"妹妹,没事老往县上跑啥?呵呵,小心把你卖掉……"

他当然没有卖我,而是请我吃了大盘鸡。

那次我搭他的顺风车去县上,因为超载,他的黄河车爆了一路的胎。这样,原本八个小时的路程,硬是陪着他耗了两天一夜。途中他不停地安慰我:"到了到了,大盘鸡就快到了……"我理都懒得理他。

这一路上,只有一个叫作"四十五公里处"的地方有一个野馆子,支着两间木棚。到了那里已经天黑了,我一下车就蒙头往里间走,摸到一张床,爬上去就睡了,老板娘为我盖上被子。任林林在外面怎么喊也不理睬。睡到半夜饿醒了,感觉到隔壁还有光。扒在大窟窿小眼的木板墙上往那边一看,蜡烛快燃完了,桌上有报纸盖着一些东西。木桌静得像是停在记忆之中。

我以为这小子不管我就自个儿开着车走掉了,吓了一大跳。摸摸索索半天才在木墙上找到门,打开一看,一眼就看到他的车历历清晰地泊在月光之中。月亮还没有落山，天地间明亮得就像白昼里刹那间会有的一种光明，非常奇异。我看了好一会儿，喊了好几声。又赶紧回到桌子前，掀开报纸，就着残烛最后的光亮，把剩下的半盘子鸡块消灭掉了。

我为什么会喜欢林林呢？大概是因为他有一辆大大的大车吧，这使他非常强大似的，强大到足够给我带来某种改变。我只是一个裁缝，天天坐在缝纫机后面对付一堆布料，生活无穷无际，又无声无息。

还因为他与我同样年轻，有着同样欢乐的笑声。还因为他也总是一个人，总是孤独。他总是开着高大的黄河卡车，耗以漫长的时间在崇山峻岭间缓慢地蜿蜒行进，引擎声轰鸣，天空总是深蓝不变。

还因为，这是在巴拉尔茨，遥远的巴拉尔茨。这是一个被废弃数次又被重拾数次的小小村庄。这里没有电，过去的老电线杆空空地立在村落里，像是史前的事物。这里处处充斥着陈旧与"永久"的气息。村庄周围是宽广的刚刚收获过的土豆地和麦茬地，家兔子和野兔子一起在田野里四处奔跑，清晨所有的院墙上都会栖满羽毛明亮的黑乌鸦。

打草的季节刚过，家家户户屋顶上堆满了小山似的草垛。金黄的颜色逼迫着湛蓝的天空，抬头望一眼都觉得炫目。乡村土路上铺着厚厚的足有三指厚的绵土。但这土层平整、安静,没有印一个脚印。没有一个人。河在低处的河谷里浅浅流淌,从高处看去,两岸的树木一日日褪去了厚实的绿意。羊群陆续经过,沉默着啃食白柳的叶子和枝条,使得那边的情景渐渐疏淡起来。而芦苇和其他一些灌木丛色泽金黄,越发浓密、浩荡。

我去河边挑水,走长长的一段缓坡上山,然后穿过高处的麦茬地,走进一片芨芨草丛生的野地。肩膀压得生疼,平均走十步就放下担子歇一歇,气喘如牛。抬头看一眼,天空都眩晕了,天空的蓝里都有了紫意。而家还有那么远,还在野地尽头的坡顶上。

这时,有人在远处大声喊我,并慢慢往这边靠近。

我站在白色的、深密的芨芨草丛中,站在广阔明净的蓝天下,久久地看着他。终于认出他就是林林。

与所有地方的中秋节一样,那一天巴拉尔茨也会悬着大而圆的月亮。尤其是傍晚,这月亮浮在寂静的天边,边缘如此光滑锋利,像是触碰到它的事物都将被割出伤口。万物都拥紧了身子,眺望它。而它又离世界那么近。无论什么时候的月亮,都不曾像此刻这般逼近大地——简直都不像月亮了,像UFO之类的神奇事物,圆得令人心生悲伤。

我家房子在这一带坡地的制高点上。四周是一面坦阔的平地,下临空旷的河谷,对面是南北横贯的一长列断开的悬崖。我离开家,沿着高原上的土路来来回回地走着,暮色清凉,晚风渐渐大了起来。当天空从傍晚的幽蓝向深蓝沉没时,月亮这才开始有了比较真实的意味,色泽也从银白色变成了金黄色。夜晚开始降临,天边第一枚星子亮了起来,一个多小时之前给人带来种种幻觉的气氛消失得干干净净。这又是一个寻常而宁静的长夜。

房间窗户上嵌着木格子,没有玻璃。明亮的月光投进来,铺满了一面大炕。除了我和妹妹,家里其他人都去了县城,忘记了今天是中秋节。过不过中秋节又能怎么样呢?这山里的日子粗略恍惚,似乎只是以季节和天气的转变来计算时间,而无法精细到以日升日落来计算。然而,若是不知道今天是什么日子的话,也就无所谓地过去了。既然已经知道了,有些微妙的感觉无论如何也忽略不了。

我和妹妹早早地关了店门,用一大堆长长短短的木棍子将门顶死,还抵了几块大石头。然后就着充沛的月光准备晚饭。角落里的炉火在黑暗中看来无比美妙,它们丝缕不绝、袅袅曼曼,像是有生命的物质。

我揉面揉得浑身都是面粉,炉上的水又早就烧开了。正手忙脚乱之际,突然有敲门的声音咚咚咚咚毫不客气地传来。我们两个吓了一大跳,接着本能地开始想象一切糟糕的可能性……毕竟这是前不着村后不着店的荒山野岭，家里又只有我们两个女孩。天也黑了，这时谁会来敲门呢？

我俩连忙把烧开的锅端下灶台，堵住炉门上的火光，屏息静气，装作房子里没人的样子。但那怎么可能装得出来！门明明是反扣的嘛。于是敲门声越发急促和不耐烦了。

终于，我壮着胆子，很冷静地开口道："这么晚了，谁啊？"

"是我。"

"你是谁？"

这个问题似乎很令他为难，半天才开口道："大盘鸡！"

何止欣喜若狂！只恨挪开那一堆石头和长长短短的顶门棍花了不少工夫。

那是和林林的第二次见面，永远难忘。他给我带来了月饼，然后坐在炕上，看着我在月光中揉面，然后拉面下锅。我们喜悦地聊着一些可聊可不聊的话题。月光渐渐偏移，离开大炕，投到墙壁上。于是妹妹点起了蜡烛，我们三个人围着烛光喝面条汤。

林林的大车就停在门口的空地上，后来他回车上去睡觉了。他那么大的个子，蜷在驾驶室里一定不舒服。况且到了深夜里，温度会猛地降下来，外面总是那么冷。我很想留他在隔壁房间里休息，但出于姑娘的小心思，便什么也没说。直到现在，一想起那事就很后悔，觉得自己太骄傲、太防备了。但愿没有伤害到他。

现在再想想，其实林林也是多么敏感的年轻人啊……

那个晚上，月光渐渐移没，房间里黑暗寂静。而窗外天空明亮，世界静止在一种奇怪的白昼里。想到林林的大白车此时正静静地停在月光中，车斗包垫上冲着清冷的天空高高地插着一把铁锨，像是高高展示着无穷无际的一种语言……那情景异常真实，仿佛从来便是如此，永远不会改变。

在巴拉尔茨，要是没有爱情的话，一切是否依然这样美丽？我到河边挑水的时候，总是忍不住放下桶，一个人沿着河往下游走，穿过麦茬地、葵花地，再经过一大片白柳林、芦苇滩，一直走到能看到村口木桥的地方。然后站在那里长久地看，等待视野里出现第一辆从那桥上经过的车辆……于是那样的日子里，哪怕是去河边挑水，我也坚持穿裙子。

真是奇妙，要是没有爱情的话，在巴拉尔茨所能有的全部期待，该是多么简单而短暂啊！爱情能延长的，肯定不只是对发生爱情的那个地方的回忆，还应该有存在于那段时间里的青春时光，和永不会同样再来一次的幸福感吧？呃，巴拉尔茨，何止不能忘怀？简直无法离开。

但十月份，迎接完最后一批下山的牧队后，我们还是离开了。唉，生活永远都在一边抛弃，一边继续。我在巴拉尔茨的恋爱最终没能坚持到最后，没关系的，至少我学会了换挡与辨别柴油车和汽油车的引擎声……

虽然再也不会有那么一辆高大的白卡车，车斗上醒目地、独一无二地高高插着铁锹，在清晰的月光下满携喜悦向我驶来。

家庭琐记 / 叶辛

如果说恋爱是从一个人的心灵走向另一个人的心灵，那么，建立家庭之后的夫妻，就是两性之间的心心相印。

越过充满了诗情画意的恋爱阶段，随之而来的便是长期的、由无数平平常常的白天和黑夜组成的家庭生活。这也许没有恋爱时期那样罗曼蒂克，却更需要热情、信赖、忠诚和应付种种琐碎家务，超越日常烦恼的修养和能力。

可不可以这么说，成了家，爱情才真正地开始。

黔灵山耸立在贵阳城的西北面，我们小小的家庭，就在这座云贵高原名山的脚下。是沾了这座名山的光吧，我们的楼房也高高地凸显在坡顶上，周围六层楼、七层楼的屋顶，全在我住的五层楼下面。站在阳台上，可以看到半座城的风光，可以望到城外那逶迤起伏、连绵无尽的山山岭岭。尤其是在气候变化的时候，云去雾来，那米色的稠雾紧裹着山巅，那乳白色的蒙纱雾在岭腰和谷地里缭绕着、一缕缕一簇簇地飘散着，那意境真是美极了。

高有高的好处，自然也有缺点。从我一九八二年三月由偏远的猫跳河畔搬到这里，至今，除了节日之外，我们家厨房的自来水龙头里，白天从来没有水。

开门七件事里没有水，可没水要维持正常的家庭生活，几乎是不可想象的。

从搬进新居开始，妻就同我分了工，由我负责守上半夜，她守下半夜，恭候水龙王降临。

这样的生活真是没啥诗意可言，常常搞得很累、很疲乏，情绪大受影响。不少人曾问我，你们是怎么熬过来的，我也说不出个所以然来，四年多时间，就这么过来了，而且看来还得这样子过下去。

唯一可以安慰的是，我们夫妇之间，从未因为断水、缺水、等水、盼水这件事互相埋怨责怪。两人结合了，就得一起分担人生道路上所有的困难、挫折和苦恼。拿她自己的话来说："既然我在千千万万个人中间碰到了你，我就认了。我从没想过要沾你这个作家什么光，你在追求我的时候，只是个什么都不是的小知青。"

这是大实话。

她嫁给我的时候是个工人，现在还是个工人。她从没要我设法替她调换过工作。我呢，脑子里倒是想过的，确实也不是不可能。但同她一讲，她就说："算了吧，我的事你还是少费神，多花点精力在写作上吧。"她不是党员，没有人过团，她只是个普通工人。她对我讲这些话，绝无向我表示进步和觉悟的意思。我相信她说的是实话。

我们天天生活在一起，我总忍不住久久地凝视着她，想了解她脑子里闪现的哪怕是稍纵即逝的念头。这是不是爱情我讲不清楚，对我来说，这已经成了一种习惯。追溯起来，这习惯还是在我们相识的初期就养成的。屈指算来，我们结婚有七年多了，而我们相识，竟有十七年了。

我们相识在插队时。至今我还记得连接我们两个生产队之间的那条小路，那条弯弯曲曲、时而落下谷底时而爬上坡去的小路。在初认识的几年间，我们在那条小路上不知走了多少个来回。雨声淅沥的夜晚，我们撑着伞，任凭雨点子稀疏地笃笃有声地打在油布伞面上，我们慢慢吞吞地沿着小路，绕过水田，绕过坡土，走进幽静的树林。路窄，我们不能并肩走，只能一先一后。明月在天的夜晚，我们在青杆桦树林子里徘徊，在地面绵软的针叶松林里默默地相对伫立，话在这时候是多余的，即便有，也都在白天讲完了。但我们仍不想分离，静静地悄悄地倾听着风掠过树梢，掠过山崖，入神地瞅着清幽的月光在树林子里投下浓密的、斑驳的影子，好奇地遥望离得远远的山寨上的朦胧灯光。秋末冬初的农闲时节，我们相约着去路边的林子里捡干枯脆裂的松果；雨后的黄昏，树叶子上还挂着露珠般的雨水，我们戴上斗笠去捡鲜美的香菇；烈日当空的酷暑，我们能坐在树荫底下，足足待一整天……那时候我十九岁，她十七岁，我们都还太小太小，我们都把爱情看得十分庄严和神圣，也许我们就是在这样的朝朝暮暮之中加深了相互的理解。"爱，是理解的别名。"这话是不是泰戈尔的名言？

她是我妹妹的同学，在紧挨着我们寨子的隔邻大队当知青，放假赶场的时候，她常常来找我妹妹玩。我们常留她吃过晚饭再回去，她一个人回去不安全，我妹妹送她呢，一个人走回来也怕。于是乎妹妹常让我送她，起先纯粹是送，后来我盼着她来，希望她晚上走，我好去送她，再后来我们便在这条山乡里的小路上幽会了。山乡里的劳动是繁重的，知识青年的业余生活是枯燥的。我之所以能在插队落户的岁月里坚持埋头写小说，一多半都是因为爱情的力量在鼓舞着我。

已经走过来了的这条生活的路，也像两个山寨之间的小路一样弯弯曲曲，崎岖不平。一九七二年冬天，她抽调到水电厂当学徒工去了，而我仍然还孤零零地生活在荒寂僻静的寨子里，直到一九七九年。我们之间仅靠书信相互联系，沟通感情。我们是在一九七九年的元月结婚的。结婚的时候，我还没有工资，连粮票也没有人付给我。而她已是个带着几名学徒工的老师傅了。婚是在上海结的，借的我妹妹那间小屋，想到还将回到遥远的山区，我们几乎没有添置任何东西，仅花一百几十元请了少数亲友。我当时也觉得很寒碜，不过我们更多的是觉得满足，分离了整整六七年之后，我们总算走到一起来了，总算可以一道携手并肩去走今后的生活之路了。婚后我随她来到山清水秀的猫跳河畔水电站，那里的山野散发着清新的泥土气息，那里的草坡上总有各种野花开放着，隔着深渊一般的河谷，时常还能听到猿啼鹿鸣，星期天到山坡上去，总能采回好多草莓和香菇。风光可谓美，山水可谓秀，但毕竟是人迹罕至的山沟，困难是明摆着的。首先是没有房子，她住在集体宿舍里，我也在另外的男职工屋子里搭了个铺。后来同她住一个屋的女生结了婚，那间小小的八个平方米的宿舍才分给我们。再后来电站正式盖了家属宿舍，我们总算分到了两间屋子，有了一个稍稍像样的家。一九八二年初往贵阳城里搬的时候，我对猫跳河畔还真有点留恋，没有什么特殊原因，就是因为我的长篇小说《我们这一代年轻人》《风凛冽》《蹉跎岁月》是在这里写出来的，我的一些中篇小说也是在这里写出来的。这里远离市井的喧嚣，远离人世的烦扰，是个安心写作的好地方。

从插队落户生涯里走出来的对对情侣，大约都有这样的体会，在经历了很多的分离，在有过很长时间的两地相思之后，我们都更懂得了爱情需要珍惜，随着岁月的流逝加倍地珍惜。珍惜，就得有充分的谅解和必要的容忍。这并不等于说，在我们的小家庭里永远是阳光明媚，永远像小溪流水般地轻吟低唱。不是的。世上大概还没有一对永远也不闹矛盾的夫妻，在怎样教育唯一的儿子这个问题上，在我的小说进展到不顺利的时候，在她身体不适的日子里，我们免不了总要拌嘴，有时候也像所有的人一样会发脾气，甚至争得面红耳赤。但到头来总有一个人先冷静下来。而且在事后我们都会先检讨自己的不是。

我得坦率地承认，我不是一个模范丈夫。我每天的任务仅仅是送孩子去幼儿园，到了傍晚再去把他接回家来。这对我来说，常常只是离开书桌的一种散步和休息。更多的时候，我总要等到她关照家中没米了，才想到该去买米；也总要等到她提醒我煤烧完了，才跑下楼去煤棚搬煤。这都仅限于我正在读书、看杂志或听音乐时，她才喊我。如若我正在桌前想着什么、写着什么的时候，她是决不喊我的。这样的默契不知是什么时候达成的。这绝不是真正的男士风度，一旦意识到这点，我总愿意帮她去干些什么，或者在她干的事情中冷不防插上一手，以此表示自己也是个勤劳的人，但这类良好的愿望，往往是以我的"越帮越忙""出尽洋相"被她奚落几句而告终。

尽管如此，我仍希望自己是个好丈夫、好爸爸。在孩子要求我的时候，哪怕再忙，我也陪她和孩子去黔灵公园走一走，爬爬山，在湖畔散散步，进动物园逗逗熊猫和孔雀。有时候，我真恨不得千方百计、挖空心思讨好一下孩子，给他买整套整套的小人书，给他买妈妈没买的贵重玩具，可不知为啥，孩子还是和他的妈妈更亲。

为此我只得满怀妒忌地望洋兴叹，却又无可奈何。有什么办法呢？谁叫我一年中总有半年要出差，要下基层去农村，要应付写作和编务，要一个接一个出去开有时候重要有时候不那么重要的会议呢。不过，只要我从外头回来，一回到我的坐落在黔灵山麓的家里，我总感到疲劳和困倦会顿然消失，总会觉得温暖和在其他地方永远也得不到的快活，就如同游弋驰骋在辽阔海洋上的舰艇到了平静的港湾里。

永远的初恋 / 王蒙

我得知她在班上写的作文《看苏联影片〈她在保卫祖国〉》被老师和同学称道。我得知她走在街道上被解放军的骑兵撞成了轻伤。我在"五一"劳动节之夜，在人山人海的天安门广场寻找瑞芳，而居然找到了，这一年的"五一"之夜我们一直狂欢到天明。

初恋似乎还意味着北海公园。漪澜堂和白塔，五龙亭和濠濮间，垂柳、荷叶和小船，都使我们为城市，为生活，为青春而感动。我们首次在北海公园见的面，此后也多次来北海公园。我们在北海公园碰到过雨、雷和风。东四区离北海后门比较近，常常有团日在北海举行。有一次一个中学的团员在那里活动，轮到我给他们讲话的时候，晚霞正美，我建议先用一分钟让大家欣赏晚霞，全场轰动。

但我们第一次两个人游的公园是中山公园，那一天我一直唱《内蒙春光》里的主题歌："草儿哟青青，溪水长，风吹哟，草低，见牛羊……"所有的美好的歌曲都与爱情相通。同一天我们一起在西单首都影院看了电影《萨根的春天》。看罢电影，在我幸福得尬蹦的时刻，瑞芳却说，我们不要再来往了吧。大风吹得我天昏地暗。

芳情绪波动，没完没了，当然她只是个中学生，她怎么可能一下子就与我定下一切来呢？一会儿她对我极好，一会儿她说我不了解她，说是让过去的都永远地过去吧，一会儿边说再见边祝福我取得更大的惊人的成就。有一个多月我们已经不联系了，但是次年在北海"五一"游园时又见了面。此次游园给人印象最深的是海军政治部文工团演唱的《人民海军向前进》，铜管乐队伴奏。这个歌也永远与我的青春与爱情联系在一起。她事后还来电话说我不应该见到她那样躲避。唔，除了哼哼歌，除了读世界小说名著，除了含着泪喝下一杯啤酒，我能说什么呢？

是的，初恋是一杯又一杯美酒，有了初恋，一切都变得那样醉人。

一九五二年的马特洛索夫夏令营结束后，瑞芳她们参加了团市委组织的在红山口的干部露营，我去看了一下，走了。我走的时候工地上播放的是好听的男高音独唱《歌唱二郎山》，时乐蒙作曲，高音喇叭中的独唱声音摇曳，而我渐行渐远。瑞芳说，她从背影看着我，若有所动。这时，我们的来往终于有了相当的基础了。回到北京市，我还给我区参加中学生干部露营的人们写了一封信，说到我下山的时候，已觉秋意满怀。包括瑞芳在内的几个人，都对我的秋意满怀四个字感到兴趣。

一九五二年冬天，我唯一的一个冬天，差不多每个周六晚上去什刹海溜冰场滑冰。那时的冰场其实很简陋，但是第一，小卖部有冰凉的红果汤好卖。冬天的红果汤的颜色，那是超人间的奇迹。第二，服务部免费给顾客电磨冰刀，磨刀时四溅的火星也令人神往。第三，最重要的是冰场上的高音喇叭里大声播放着苏联歌曲，最让我感动的是庇雅特尼斯基合唱团演唱的《有谁知道他呢》，多声部的俄罗斯女声合唱，民歌嗓子，浑厚炽烈，天真娇美，令人泪下：

晚霞中有一个青年，
他目光向我一闪……
有谁知道他呢，
为什么目光一闪？

为什么目光一闪？

最后一句更是摄魂夺魄。

一九五三年以后，我再也没有滑过冰，也再没有听到过这样好听的《有谁知道他呢》，直到五十二年以后，我才在莫斯科宇宙饭店听到了一次原汁原味的俄罗斯女孩的演唱。而一切已经时过境迁。我流泪不止。

那个期间我读过弗拉伊尔曼（？）的《早恋》，描写一个男孩把自己喜欢的一个女孩的名字通过粘贴后晒太阳的方法印到自己的胸上，还写他和妈妈怎样善待与妈妈已经离异的父亲与他的新婚妻子。小说的内容与我的心绪不沾边，但是小说对于人的心理的细腻描写仍然击中了我的神经，人与人，男与女，孩子与少年之间，原来有那么多风景，那么多感动。

我也读了屠格涅夫的《初恋》。它的孩子初恋的对象原来是父亲的情人的描写我很讨厌。一个小孩子爱一个大女人的故事也早就不适合我了，但是它的结尾处的抒情独白令我叫绝："青春，青春，你什么都不在乎……连忧愁都给你以安慰……"我已经永远地背诵下来了。

我有没有初恋呢？我的第一个爱的人是芳。我的新婚妻子是芳。现在快要与我度金婚的妻子还是芳。但是，团区委的岁月，仍然是我的初恋，后来一九五五年至一九五六年我们有一年时光中断了来往，这是初恋的结束。初恋最美好。初恋常常不成功，这大体上仍然是对的。直到一九五六年夏天，我们开始了真正的青年人的恋情，一九五六年夏天的重逢使我如遭雷电击穿，一种近似先验的力量，一种与生命同在或者比生命还要郑重的存在才是值得珍惜与不可缺少的。而所有的轻率，所有的迷惑，所有的无知从此再无痕迹。二〇〇四年我在莫斯科看芭蕾舞剧《天鹅湖》，我看到王子受了黑天鹅的迷惑，快要忘记白天鹅奥杰塔的时刻，舞台的背景上出现了一个窗口，是白天鹅的匆忙急迫的舞蹈，这使我回想旧事，热泪盈眶。人生中确实有这样的遭遇，这样的试炼，这样的关口，这样的陷阱。我们都有可能落入陷阱，万劫而不复。这样的故事我就知道不止一个。与真正的所爱告别，与莫名的一位草草成婚，等到想过来，再改变命运谈何容易？闹了一辈子，最后把自己的爱情搞得臭气熏天……有什么办法呢？最最害了自己的往往不是旁人，不是对手，不是敌手，而是你自己。

　　我这一生常常失误，常常中招，常常轻信而造成许多狼狈。但是毕竟我还算善良，从不有意害人整人，不伤阴德，才得到护佑,在关系一生爱情婚姻的大事上没有陷入苦海。一九五六年我们相互的选择仍然与初恋时一样,我们永远这样。这帮助我避过了多少惊险。这样的幸运并不是人人都有。

(本文节选自王蒙原著《初恋》,标题有改动。)

"我的深情为你守候"（节选） /钱理群

二〇一八年八月我和可忻几乎同时得了癌症：先是我在体检中发现前列腺癌症病灶，随即到北大医院做穿刺检查，找到了癌细胞，最后确诊；接着可忻感到胃疼，血糖也突然增高，这实际就是胰腺癌的病兆，但当时没有想到，只当胃病和高血糖病治疗，耽搁了时间。

不管怎样，我们俩都直接面对了疾病与死亡。

应该说，我们对此是有思想准备的。老实说，我们当初选择养老院，就是预感到这一天迟早要到来，必须未雨绸缪。而且我们家有癌症遗传基因，我的几位哥哥、姐姐都因患癌症而致命。我进养老院，没日没夜地拼命写作，就是要和迟早降临的"肿瘤君"抢时间。因此，当我看到穿刺结果检查报告，第一反应就是

"幸亏我想写的都已经赶写出来了"。我在当天（八月二十日）的日记里这样写道："多年来一直担心得癌症，现在这一天还是来了。虽然不见得是绝症，但确实如我住院时预料的那样：我的人生最后一段路，终于由此开始了。""今后的人生就这样度过：尽人事，听天命；或者说是：一切顺其自然。""其实，我也应该满足了——想写的，都写出来了；想做的，都做了。""看透生死，就这样'不好不坏地活着'"——"这些，都是这些年，特别是进养老院以后一直念叨着的话，现在也写出来了。"这些话我并没有对可忻详细说：我们早已无数次讨论过，自然不必多说。其实，我们进养老院就已经想透两点：一是把"钱"想透，该花的就花，要把自己晚年生活安排得舒服一点，我们不惜卖房子住进泰康，就是看穿了这一点；再就是把"生死"想透，已经活到八十多岁，再多活几年少活几年，已经无所谓了。因此，我们在家里总是聊生呀死呀的，没有任何忌讳。这样，死的威胁真的来了，反而十分坦然、淡然，像没事似的：我照样写自己的文章，可忻还是唱她的歌。

　　但到了十月底，可忻突然胃痛，背脊疼，吃不下饭，人也变得消瘦——我们这才感到问题的严重。我再也写不出一个字，可忻则独自苦苦思索"问题出在哪里"。根据自己的人体各器官位置的知识和医学经验，她突然想到：是不是患上了胰腺癌？于是，当机立断，找到了我们的老朋友、北大肿瘤医院的朱军院长，提出进行全身PET检查的要求。尽管这样不按正常检查次序进行的越规计划让朱院长有些吃惊，但他仍然迅速做了安排，而且在检查当天，就直接从检查室取出结果，从网上发给了可忻：果然发现了胰腺癌的病灶！可忻也当即作出判断：她得了不治之症，"上天"留给她的时间不多了！尽管我和可忻对"最后的结局"早有精神准备，患上胰腺癌还是万万没有想到的！但可忻很快就镇静下来：既来之，则安之，一切积极、从容应对吧。于是，就有了一系列的检查，不断出入于医院，各方求诊，奔波了两个月。最后果如所料，胰腺癌已经种植性地转移到了腹腔，到了晚期——这样，我们就真的要直面死神了！

问题是，如何度过这最后的岁月。我和可忻没有经过什么讨论，就不约而同地作出选择：不再治疗，不求延长活命的时间，只求减少疼痛，有尊严地走完人生最后一段路！后来我们才意识到，这是向传统的"好死不如赖活"的人生哲学挑战，而要反其道而行之："赖活不如好死"，我们一辈子都追求人生的意义，就要一追到底，至死也要争取生命的质量！

但可忻并不满足于此：她不仅为自己制订了"消极治疗"的方案，更要利用这最后一段时间"积极做事"：她要赶在死神之前，做完自己想做的事，并且亲自打点好身后之事，把最后的人生安排得尽可能地完善、完美，将生命的主动权牢牢掌握在自己手里。而且说干就干，连续干了完全出乎我和所有亲友、学生意料之外、我们想象不到的四件大事。

就在二〇一九年一月二十二日协和医院检查，发现了胰腺癌细胞种植性转移的第二天，可忻突发异想，要在六天后的社区春节联欢会上做"告别演唱"。我虽然表示支持，并立即与院方联系，获得同意，但心里直嘀咕：她身体吃得消吗？果然第二天晚上，她就疼得睡不着觉，之后连续两天都到康复医院输液四小时。到第五天，可忻坚持要去参加彩排，勉强唱完就疼痛得不行，赶紧吃止痛药。真到了一月二十八日那天，她已经不得不住院治疗，上午输液到下午一点，来不及喘口气，就回到住所换服装，稍稍练练声，在四点钟登上联欢会的舞台，做"天鹅的绝唱"。知情者都感动不已，我心里却有些感伤：可忻的一生也就此结束了。她要高歌一曲《我的深情为你守候》，向她心爱的医学告别，向所有爱她的人告别，更要用视为生命的音乐来总结自己的人生，留下一个深情、大爱，有坚守、有尊严的"最后形象"。而可忻精心设计的高雅的服饰，则让我想起她的母亲也是在晚年因不愿让人们看见她的病容老态而拒绝一切来访者，要将一个"永远的美"留在人世间。

当天晚上，可忻又是疼痛得一夜难眠。经过医院用药，稍有缓解，可忻又提出一个新的计划：趁着自己还有点力气，头脑也还清醒，要把家里自己的东西全部清理一遍，该处理的处理掉，该送人的送人，该留下的留下。她要干干净净、清清爽爽地离开这个世界，不遗留任何麻烦事给家人。我知道，这当然是为我着想，为之感动不已；但也暗中怀疑：这等于要把她精心经营的整个家倒腾一遍，她做得到吗？可忻不想这些，只管立即动手，住进医院第四天，就坐着轮椅回家清理。除夕夜又回家翻箱倒柜到深夜。由此开始，整整忙了两个月：开始是自己回家指挥儿子、女儿、女婿和学生清理；到后来身体日趋虚弱家也回不了了，就让大家把家里的衣物、光盘、书籍、研究论文笔记等等，陆续搬到病房，自己忍着疼痛过目以后又搬回去。如此硬干、拼命干，到三月二十日居然全部清理干净。我四顾一切都规规整整的屋子，突然感到可忻的强大存在：她永远关照、支撑着这个家！

可忻还要亲自安排自己的后事，一再叮嘱我："千万不要开追悼会、写悼词、献花圈，告一个别就可以了。有的亲友、学生如果还想见见我，就到我的住房来，看看我留下的著作、我珍爱的光盘，听听我唱的歌，看看我的录像，就像以往来我家做客小聚一样，重温当初美好的时光。"为此，她精心挑选了一张自己端庄、美丽的照片，要永远用她清澈的目光凝视着我们。

在已经一个多月不吃不喝，身体极度虚弱的情况下，三月七日一大早，一夜睡不好的可忻突然把我叫去，说想编一本纪念文集，收入自己的著作、论文和回忆文章，以及亲朋好友学生的"印象记"，再加上录音、录像，就相当可观了。乍一听，我有些吃惊，但很快就被她超越常规的思维和不拘一格的想象力所折服，欣然同意，并立即动手，组织了一个由学生辈的友人组成的四人编辑小组，着手组稿、编辑、联系出版。一切都十分顺利，进展神速，不到二十天，就基本编就。在编辑过程中，特别是读了近四十位朋友的印象记，也就慢慢地感受到可忻设想的深意，理解了这本不寻常的小册子不寻常的意义。这不仅是关于崔可忻"这一个人"的纪念文集，而是我们这一群人（从可忻近四五十年的老友，到才结识两三个月的新朋友）的一次真诚对话，深层的精神交流。崔大夫、崔老师只不过是话题的引发人，我们回忆与她的交往，实际是在追忆我们自己的一段历史。而从中发掘出来的，是我们人生中最美好的时光，发现并重新认识了可忻的，更是我们自己的人性之美，我们彼此之间的暖暖人情。更重要的是，我们因为可忻而重新面对和思考人生的重大问题。诸如如何对待生、老、病、死，如何追求生命的意义，如何对待我们从事的工作，等等。在今天这个虚幻、浮躁的年代，人们已经很少谈人性，谈人生，现在突然有了这个机会，大家就自然抓住不放了。在我看来，这次约稿、写文如此顺畅，这是一个重要原因。

而作为可忻的亲人，我在阅读朋友们的文章时，更是感慨万千。我深知，可忻，包括我自己，都绝非完人，我们也有自己的人性、性格的弱点，我们的人生更是多有缺憾和遗憾，朋友们，也包括学生，其实也都心中有数。但写的文章中都没有涉及，这不仅是纪念集的性质所决定，或许还有更深层的原因：在这个虚无主义盛行的年代，多谈谈我们每个人都有的人性之美，人生的正面价值，哪怕有一点夸张，也是别有一番意义。许多朋友的文章，包括我们自己的文章，都谈到了可忻和我的人生选择，朋友们对此都有一种同情的理解，这让我们深受感动。但我们依然要强调，这都带有极大的个人性，如果有人从中受到启发，自然很好，但我们更希望有不同意见的讨论。我们不过是走了一条自己的路——自己选择的路，适合自己的路。最后要说的是，可忻这一生，也包括我这一生，只是坚守了医生、教师、研究者的本分，尽职尽责而已。在一个正常的社会里，再寻常不过，本不足为谈；现在却要在这里纪念，也是因为现实生活中有太多的不守底线的失职，不负责任的行为，一旦有人坚守，就自然觉得弥足珍贵了。

既然如此，那么，我们这些老朋友、新朋友，就不妨借这次编辑纪念集的机会，再抱团取暖一次，彼此欣赏一回，大喊一声："我爱你！"

"我的深情为你守候！"

三月二十四日至三十一日凌晨

五分钟和二十年 / 乔叶

冬天的风是刺骨的冷。正午时分,当我出差乘坐的列车缓缓到达这个名叫"紫霞"的小站时,尽管车厢里沉闷依旧,却仍然没有人打开车窗换换空气。我的目光透过厚厚的车窗倦怠地打量着外面。看起来,这是一个很荒僻的小城。

列车在此停站五分钟。

哗!车刚停稳,我对面的中年男子突然利落地打开了车窗。也许实在是不能忍受车厢里的浑浊,他居然将头伸出了窗外,风卷着细尘肆无忌惮地吹了进来,我不由得竖了竖衣领。

"小——菲!小——菲!"他忽然大喊。我被他吓了一跳。周围的乘客也都惊奇地看着他。很快,一个妇人气喘吁吁地跑过来,在车窗外站定。她四十岁左右的样子,皮肤粗糙,但是健康的黑红色,微微有些发福,不过可以清晰地推测出她年轻时的娟秀。

两人一时间却没说话。男人似乎有一点儿不敢看她。他下意识地把脸转向车厢,顿了一顿,方才又转过去:"今天没课吗?"

"有四节课。我请了假,放到星期天给孩子们补。"女人说。

"工资能开得出吗?"

"经常拖欠着,不过四百多块也够花了。粮食和菜都是自己种的,平日花不着多少钱。"妇人又说,"你呢?你能开多少?"

"没多少,和你差不多。"男人说。从他的衣着透露出的信息,他的工资显然不是妇人所能比的。但他却是那么含糊着,似乎他比她富有对他而言是一种难堪的羞愧。

"我们一起教过的那个王有强清华都毕业了,现在是北京一家公司的副总经理。"女人说,"他年年给我寄贺卡。"

男人点点头。

"你返城时偷偷给你盖过章的那个老会计去年死了,得的是肝癌;今年他老婆也死了,也是肝癌。你说多巧。"

男人垂下眼眸,沉默着,只是一个个地剥着手中的橘子,但是一瓣儿也不吃。

"你是骑车来的吗?"男人终于开口了。

"是的。还买了一张站台票呢。"女人笑着说,"想给你煮一些鸡蛋吃,可是火不旺。好不容易煮熟了,我紧赶慢赶,还是差点儿迟了。"——一袋热气腾腾的煮鸡蛋递了上来。袋子还滴着水。然而男人毫不犹豫地把它放在了裤子上。

发车的铃声响了。

"回去的路上,你慢点儿。"男人说。

"你也慢点儿。"女人说。

"我没事,火车最安全了。"男人笑道。这是他第一次笑。他从窗口递出一大袋剥好的橘子。女人踮起脚尖接过去,眼圈红了。

火车启动了。

女人慢慢转身往回走,一边用袖子抹眼睛。男人没哭。他剥开鸡蛋,打开蛋白,圆圆的蛋黄像一枚太阳,一滴泪,终于落在他的手上。

这是我目睹的一场二十年的爱情在五分钟之内的完整汇集。从始到终,没有一声热情的问候,没有一点像样的表达,没有——我们习惯想象和看到的那一切。

老人的爱情像核桃 / 乔叶

公公是个极为细致的人,衣食住行一丝不苟,言谈举止更是章法谨慎。而婆婆相对而言比较粗糙,枝宽叶大,节奏明快,饺子包得像包子,说话响得像高音喇叭。

"今天的粥你只熬了15分钟,不够半小时怎么能吃呢?"通常是公公先提意见。

"难道你每天吃的饭都是生的?不爱吃,自己做!"

"你洗衣服也太快。10分钟能洗干净一件衬衣吗?"

"我洗净洗不净又不要你穿,都像你一样洗件衬衣用3吨水就好啦?"

"吃药切记饭后1小时才可以。"

"我吃药关你什么事!"

……

总之是公公说一句,婆婆顶一句。自打我过门来,几乎每天都能听到两人如此拌嘴。开始我还劝劝,后来也就熟视无睹了。不过还是有些困惑,便问夫君:"二老日日小吵,定期大吵,火性比我们还甚。别的夫妻都是性格互补,他们倒是性格互撞,难道磨了一辈子还没磨平?"夫君沉吟半晌,笑道:"这有什么不好吗?各人有各人的方式。"

我对他的话初时不以为然。慢慢才明白,知父母者,莫如其子。

公公是干部出身,一向善于自我批评,常说:"我这个人毛病多,有不对的地方,你们可以向我提意见,但是千万不要向你妈提。她思想简单,不好接受,白白生气。"而公公若是生起气来,婆婆又会悄声叮嘱我们:"他那个人,心小气大,脾性古怪,不要惹他。"婆婆若是有病,公公必会端汤送水,问长问短,深更半夜还在床前守着。公公若说想吃什么,婆婆面上不情愿,却还是会绷着脸做出一大盆,哪怕做出来后公公挑毛病时再与他吵。公公若是外出,回家必给婆婆买一两块极好的衣料。而无论公公的意见多么让婆婆不耐烦,每餐饭菜婆婆还是努力迎合着公公的口味。偶尔,在某个黄昏,两位老人也会一起出去散步,虽然常常没走多远就不欢而散,但是并不妨碍他们的"再度合作"。

最让我震撼的，是这样一件事情。

有一段时间，婆婆患了一种慢性病。医生说吃核桃对治病有好处，公公便四处采购起来。无奈跑遍了城里也收获甚微，因为正值夏日，商家怕核桃生虫，便都早早地处理完了。公公着了急。一天，他一大早出了门，晚上才回来，肩上背着一袋沉甸甸的东西。

"我买到核桃了！"他高兴得像个孩子。

"在哪儿买的？"我问。

"在山里头。"他说，"跑了好些家才买这么多。"

吃过晚饭，洗了把脸，他就开始敲起核桃来。他在一边敲，婆婆在一边捡，神情出奇的平静和温柔。

这是他们的二人世界。于是我没有插手帮忙。但是，我的心头却涌起了一种深深的感动。

"你以为老人们还有爱情吗？当他们相濡以沫到鸡皮鹤发的时候，你以为他们还有爱情吗？老到连性别意识都淡至若无的时候，那还能叫爱情吗？那只能叫亲情！"在一部电视剧里，我清晰地记得这一段激烈的台词，一直以为它深刻而别致。可是，现在我蓦然感到了它的肤浅。是的，老人也会有他们的爱情，就像我的公婆。当然，公公不是风流倜傥的少年，他不会献玫瑰，他献出的只是皱巴巴的核桃。他也不会"骑马挥长剑,赢得美人心",可是他付出的是比浪漫更有分量、更有光彩的东西——他用生命凝结出的诚挚的关怀和疼爱。因为,就在他翻山越岭买核桃的时候,他已经完全忽视了自己是一位有高血压、脑血栓和心肌梗塞病史的七旬老人!

比起这个,平日里那些小小的矛盾和纠纷又算什么呢?它们不过是一些哗哗作响的落叶,秋风吹起时,落叶就会被卷走。露出的平坦宽阔的路面,那便是他们用毕生岁月结晶出的爱情。亦如公公千辛万苦扛回来的那些核桃。外壳似乎很坚硬,核肉的颜色似乎也很苍老,但是放到口中细细咀嚼,你才会品出他们芬芳的爱情,食愈多,味愈佳,历久弥香。

从来都不会想起，
　　永远也不会忘记。

水仙辞 / 宗璞

仲上课回来，带回两头水仙。可不是，一年在不知不觉间，只剩下一个多月了，已到了养水仙的时候。

许多年来，每年冬天都要在案头供一盆水仙。近十年，却疏远了这点情趣。现在猛一见胖胖的茎块中顶出的嫩芽，往事也从密封着的心底涌了出来。水仙可以回来，希望可以回来，往事也可以再现，但死去的人，是不会活转来了。

记得城居那十多年，澄莱与我们为伴。案头的水仙，很得她关注，换水、洗石子都是她照管。绿色的芽，渐渐长成笔挺的绿叶，好像向上直指的剑，然后绿色似乎溢出了剑峰，染在屋子里。在北风呼啸中，总感到生命的气息。差不多常在最冷的时候，悄然飘来了淡淡的清冷的香气，那是水仙开了。小小的花朵或仰头或颔首,在绿叶中显得那样超脱,那样幽闲。淡黄的花心,素白的花瓣,若是单瓣的,则格外神清气朗,在线条简单的花面上洋溢着一派天真。

等到花叶多了,总要用一根红绸带或红绉纸,也许是一根红线,把它轻轻拢住。那也是澄莱的事。我只管赞叹:"哦,真好看。"现在案头的水仙,也会长大,待到花开时,谁来操心用红带拢住它呢。

管花人离开这世界快十一个年头了。没有骨灰,没有放在盒里的一点遗物,也没有一点言语。她似乎是飘然干净地去了。在北方的冬日原野上,一轮冷月照着其寒彻骨的井水,井水浸透了她的身心。谁能知道,她在那生死大限上,想喊出怎样痛彻肺腑的冤情,谁又能估量她的满腔愤懑有多么沉重!她的悲痛、愤懑以及她自己,都化作灰烟,和在祖国的天空与泥土里了。

人们常赞梅的先出,菊的晚发。我自然也敬重它的品格气质。但在菊展上见到各种人工培养的菊花,总觉得那曲折舒卷虽然增加了许多姿态,却减少了些纯朴自然。梅之成为病梅,早有定庵居士为之鸣不平了。近闻水仙也有种种雕琢,我不愿见。我喜欢它那点自然的挺拔,只凭了叶子竖立着。它竖得直,其实很脆弱,一摆布便要断的。

她也是太脆弱。只是心底的那一点固执,是无与伦比了。因为固执到不能扭曲,便只有折断。

她没有惹眼的才华,只是认真,认真到固执的地步。五十年代中,我们在文艺机关工作。有一次,组织文艺界学习中国近代史,请了专家讲演。待到一切就绪,她说:"这十月的报还没有剪完呢,回去剪报罢。"虽然她对近代史并非没有兴趣。当时确有剪报的任务,不过从未见有人使用这资料。听着嚓嚓的剪刀声,我觉得她认真得好笑。

"我答应过了。"她说。是的,她答应过了。她答应过的事,小至剪报,大至关系到身家性命,她是要做到的,哪怕那允诺在冥暗之中,从来无人知晓。

我们曾一起翻译《缪塞诗选》,其实是她翻译,我只润饰文字而已。白天工作很忙,晚上常译到很晚。我嫌她太拘泥,她嫌我太自由,为了一个字,要争论很久。我说译诗不能太认真,因为诗本不能译。她说诗人就是认真的,译诗的人更要认真。那本小书印得不多,经过那动荡的年月,我连一本也没有得留下。绝版的书不可再得了。眼看新书一天天多起来,我指望着更好的译本。她还在业余翻译了法国长篇小说《保尔和维绮妮》,未得出版。近见报上有这部小说翻译出版的消息,想来她也会觉得安慰的。

她没有做出什么惊人的事业,那点译文也和她一样不复存在了。她从不曾想要有出类拔萃的成就,只是认真地、清白地过完了她的一生。她在人生的职责里,是个尽职的教师、科员、妻子、母亲和朋友。在到处是暗礁险滩的生活的路上,要做到尽职谈何容易!我想她是做到了。她做到了她尽力所能做到的一切,但是很少要求回报。她是这样淡泊。人们都赞水仙的淡泊,它的生命所需不过一盆清水。其实在那块茎里,已经积蓄足够的养料了。人的灵魂所能积蓄的养料,其丰富有时是更难想象的罢。

现在又有水仙在案头了。我不免回想与她分手的时候。记得是澄莱到干校那年,有人从外地辗转带来两头水仙,养在漏网的白瓷盆里。她走的那天,已经透出嫩芽了。当时西边屋里都凌乱不堪,只有绿芽白盆、清水和红石子,似乎还在正常秩序之中。

我们都不说话,心知她这一去归期难卜。当时每个人都不知自己明天会变成什么,去干校后命运更不可测。但也没有想到眼前就是永诀。让她回来收拾东西的时间很短,她还想为在重病中的我做一碗汤,仅只是一碗汤而已,但是来不及了。她的东西还没有收拾好,用两块布兜着,便去上车。仲草草替她扎紧,提了送她。我知道她那时担心的是我的病体,怕难见面。我倚在枕上想,我只要活着,总会有见面的一天。她临走时进房来看着水仙,说了一句"别忘了换水",便转身出去。从窗中见她笑着摆摆手。然后大门呀的一声,她走了。

那竟是最后一面！那永诀的笑容留下了，留在我心底。是她，她先走了。这些年我不常想到她。最初是不愿意想，后来也就自然地把往事封埋。世事变迁，旧交散尽，也很少人谈起她这样平常的人。她自己，从来是不愿占什么位置的，哪怕在别人心中。若知道我写这篇文字，一定认为很不必，还要拉扯水仙，甚至会觉得滑稽罢。但我隔了这许多年，又在自己案头看见了水仙，是不能不写下几行的。

尽管她希望住在遗忘之乡，我知道记住她的不止我一人。我不只记住她那永诀的笑容，也记住要管好眼前的水仙花。换水、洗石子，用红带拢住那从清水中长起来的叶茎。

澄莱姓陈，原籍福建，正是盛产水仙花的地方。

在笑声中诀别 / 陈建功

一

那天,史铁生夫人陈希米到我家,给我们看了陆晓娅发给她的微信:

你认识刘树纲吗?中戏的老师,也是剧作家。他上周四住到我们病房了,肺腺癌骨转移、脑转移,应该时间不多了。他家人送给我一本他的剧作集,看到上面铁生的话,说他曾经背铁生上火车。昨天他清醒了,我在床边陪他,告诉他我看到铁生的话了,他变得很激动,拼命想说话却说不出来。过了好久,他终于说出:"我是刘树纲,我是个好人。我走了很多的路,还有没走完的路,有时间我要继续走……"他爱人都惊呆了。一个人能在生命快要结束时,肯定自己是个好人,这是非常好、非常重要的事情。

陆晓娅是在二十世纪八九十年代就颇为有名的记者,她的"青春热线"红极一时。她活跃在新闻领域时,又修了个心理学博士。据说,近年她一直陪伴着罹患有认知症的老母亲,为她送终,又把长达十二年的陪伴写成了一本书《给妈妈当妈妈》。我猜,此后陆晓娅每周两次去这家安宁疗护病房做义工,和这十二年的感受有关。住在安宁病房里的刘树纲,只有夫人沈及明和次子刘深陪伴左右,"疫情"的原因,几位挚友多次要求探望,都被院方婉拒。忽闻陆晓娅和她的团队来到他身边,老朋友们感叹,善人者人亦善之。

刘树纲不只是个"善人"者,更是一个灵魂的考问者。二十世纪八十年代中期他编剧的《一个死者对生者的访问》(下称《死访生》)、《十五桩离婚案的调查剖析》等等,堪称中国话剧史上的经典之作。其时,思想解放之初兴起的"社会问题剧"渐现疲软,借鉴了海外戏剧元素的"探索性话剧"开始风靡。而刘树纲的《死访生》,由发生在公交车上的一桩命案入手,可谓继续了"社会问题"的揭示,却又超迈其上,让死者的魂灵来归，回到各位在场者面前，成为一场"灵魂考问"。"无场次"的形态、多维空间的转换、荒诞而真实的戏剧跌宕，这些崭新的艺术表现，呈现了现代戏剧中国化以后的风貌。在导演田成仁、吴晓江以及中央实验话剧院多位艺术家的演绎下，耳目一新而又直抵人心，揭开了中国话剧的新篇章。其美学上的冲击，至今仍为戏剧界称道。犹记该剧首演后，在观众的掌声和呼喊声中，我和树纲目光相会，击掌庆贺的欢欣。记得我在那掌声里喊："树纲兄，今晚是你的《欧那尼》啊！"

"《欧那尼》之战"，就是树纲给我讲的。当年雨果的浪漫主义歌剧《欧那尼》惨遭古典主义卫道者的抵抗，据说从排演开始，竟然连某些演员都因台词的"粗鄙"而阴阳怪气。他们无法理解，这"粗鄙"，恰恰具有伟大的挑战性。被斥为"粗鄙"的，还有《欧那尼》艺术形式上的对古典章法的"背叛"。这"背叛"激怒了所谓古典主义的卫道士们，直到首演当日，卫道者还在法兰西喜剧院的天窗上准备了垃圾，意欲给这离经叛道的演出"佛头加秽"。"成功的艺术不怕你们扔垃圾，撒粪也没用。《欧那尼》最终征服了观众，包括那些准备倒垃圾的人！"刘树纲谈得高兴时，夹着香烟的手指，一挥一挥，眉飞色舞的样子。二十世纪八十年代的作家们纠结于"内容与形式""传统与现代"的论争。那论争似乎比不上法国文学史上的"《欧那尼》

之战"热闹,却也泾渭分明。那时的文艺界,写小说的、编话剧的、做音乐的……不知怎么就熟稔了。不仅熟,而且人同此心。互相支持着,拿自己的作品"闹动静"。记得树纲也曾参与文学界捐款,支持作曲家瞿小松排演他的交响曲。现在,看到刘树纲以自己的创作实绩赢得那么多热爱的掌声,我不能不想起《欧那尼》,那欢喜应和雨果的拥趸们一样。

二

和刘树纲的友谊应是那个时候结下的。

这友谊迄今已近四十年。

当然我们不只是谈艺术谈文学,也吃喝玩乐。吃喝玩乐中那种口无遮拦臧否时世感慨人生的嬉笑,似乎更能唤起灵感的迸发。这聚会经常在刘树纲家里进行。女主人沈及明是《当代电影》的主编,她便成了电影界创新动向的提供者。张艺谋拍《红高粱》时,为了追求画面的效果,让美工师去把几亩地的高粱穗都给染红了,这故事就是沈及明说的。她由此夸赞张艺谋的镜头自觉,认为他的自觉使"电影"告别了话剧,回归为"电影"。常参加聚会的朋友们,还有郭宝昌、史铁生、何志云、鲍昆、卜键、陈冠中、苏文洋等等,可说各个术业有专攻。每一次都是口无遮拦地谈笑，又都是余兴未尽地分手，有趣的回忆多矣哉。记得有几次，郭宝昌的话题纠结于宅门故事，《大宅门》完成后，我们才恍然大悟。所谓"袖手于前疾书于后"，他的唠唠叨叨，其实就是创作中的迷狂。而另外一位海阔天空且自我沉浸，不等聆听者反应，自己先呵呵笑起来的，是《北京晚报》的"名记"苏文洋，他是大量社会新闻和人物故事的发布者，他还拥有北京式表述的夸饰与幽默，穿插着看破红尘的点染。耿直的树纲是疾恶如仇的，听到荒诞世相，苏文洋还在"呵呵呵"，树纲几近拍案而起了，说："苏文洋，你这家伙老是呵呵呵的……你气死我了！"苏文洋依然"呵呵呵"地叫"大哥大哥"，说"身体要紧，不呵呵咋办？"一旁的沈及明便趁机苦口婆心"劝奴的夫"，说树纲啊你得学学人家文洋，还得学学建功，你说你气出病来，谁救得了你的命？

只要是明心见志的朋友，性格迥异也会快乐无穷。

朋友中，最先离去的是史铁生，而这一次，轮到刘树纲了。"疫情"却使我们探望的愿望总难实现。

又怕接到沈及明的电话，如果那样，就是要我们去做最后的诀别了吧？

七月二十日晚，沈大姐发来了微信，告诉我树纲一直昏迷，也就这几天了。

我忙问，可以被特许去看望他吗？

回答：大夫说，最亲密的人可以见最后一面了……

可以想象这是什么场面。我自己的父母走得突然，因此未曾经历过这样的诀别。倒是因为工作的关系，去看望过文学界几位临终的前辈。比如我非常敬仰的翻译家屠岸先生，他临终前我赶到了他的床头。我握住他那只嶙峋的手，和他对视久久。我不知道自己应该说什么。我喊他屠岸老屠岸老，他睁开了眼，认出了我。我总要说些什么，但我不知道能说些什么。我说了"加油！……加油！"屠岸先生点点头。不过至今想起有些后悔，说"加油"又有何用？我应该说"我爱你，我们都爱你"。那么，明天要去见树纲了，他能睁开眼认出我们吗？我应该和他说什么？

三

二十二日上午十点，我夫妇、苏文洋夫妇和何志云，走进了树纲的安宁疗护病房。沈及明喊，树纲看谁来了？随即便惊喜地说，他醒啦！

沈及明说，真难得，叫醒他很难的。你们来了，他就醒了。

我们一个个走到他的床前，握住他的手，他的眼睛里居然闪出光来。

沈及明一一问他："这是谁？认出没？"

树纲的眼神告诉我们，他明白。

轮到我时，沈及明问："这位是谁呀？"随后，她和介绍前几位时一样，说出我的名字。

没想到树纲举起右手，一挥，插满了管子的那只手，撩出了那个我们大家都熟悉的手势，目空一切似的说："不认识陈建功，就麻烦了。"

他这一句幽默，引来了笑声。沈及明说，建功啊，这是这几天他说出的最长的一句话，也就是你能招他说出这么一句来！

我忍不住说：真棒，树纲你还跟我逗！

他闭上眼睛，忽然又睁开了，说："……我要吃'大董'！"

全屋的人都笑起来，大家不记得那曾是谁请的客了，但大董烤鸭店曾经有过聚会，大家是记得的。

苏文洋说：好好，想吃就成，我们给你买去！

我们都努力维护这嘻嘻哈哈。这气息和当年在他的家里一样。

沈及明说：难得啊，这是他入院以来最有精神的时刻。随后，医院首席专家傅研特来看望他，他居然可以简单回复傅大夫的问话，实在令人惊异。

随后,我到了河南卢氏县,参加曹靖华先生诞辰一百二十五周年的纪念会。

八月十日,我又接到了沈及明的微信:

树纲已进入最后的弥留之际,再也看不到他的笑容,再也听不到他的话语。从此,他不再问我温饱,他不再问我归期。但他没有痛苦,很平静,他太累了,让他这样安静地睡吧。我纵有千般不舍,也得松开手,一生一世的夫妻,终身的伴侣,也只能来世再相见。

我回复说:

及明,我在河南三门峡,闻信怆然。前几天在写一篇散文,记那次看树纲的事。题目是《笑声中的诀别》。待写好再让你看吧。保重!

第二天,我接到了讣告。

八月十三日,我夫妇和朋友们参加了在安宁医院举行的告别仪式。亲属、友人的花圈上,各种挽词寄托着共同的哀思。沈及明代我们置备的花圈挽联上写着:

在笑声中诀别

挚友　陈建功　隋丽君　挽

我们并没有告诉沈及明要写这个。

她懂我们。树纲也会喜欢。

没见过你的人不会明了 / 毛尖

师母叫崔可忻,是中国儿童发展研究中心的著名医生,不过我认识她的时候,她就主要是钱理群老师的管理者,她优雅美丽又权威地站在钱老师身边,为钱老师增加了生活和理智的维度。

二〇〇八年,我们在贵州开会,崔老师一起去了。那时候开会还能旅游,钱老师旅游兴致比谁都高,因为这样就有机会展示他的摄影能力。不过说到钱老师的摄影艺术,我就想起王富仁老师了。

一九九八年,现代文学年会结束,主办方组织旅游。钱老师是一车中最年长的,却也是最激情最活跃的。旅途中间有人下车就地解决生理问题,钱老师就走到车门处,大声说:"你们看你们看,这云好不好看,我要拍出运动的云。"王富仁老师在车门边抽烟，吐出一个烟圈，不慌不忙评论："你再怎么拍，拍下来的云，还是不动的。"

王富仁老师现在去另一个地方抽烟了，不过钱老师倒是没有被王老师打击，他多年来只要在路上就坚持咔嚓咔嚓，一边得意地自我营销，中心意思就是：我拍的照片是有难度和深度的。师母坐在他旁边，轻轻地哼着各种曲子，一半纵容一半冷水，我和炼红坐在他们后面，贵州山水在车窗外掠过，钱老师在最难堪的岁月遇到最好年纪的崔医生，彼此交付一生世，说是爱情，简直轻浮。其实我不是特别能想象二十出头的"右派"钱理群凭什么迷住了上海大小姐崔可忻，钱老师个子不高也不漂亮，他身上最摄人心魄的是激情。有一次他来上海，深夜聊天，他一口气说了六个"如果再给我十年，我要做什么"，那时我们都三十左右，生生在钱老师的气场里降维成衰人。不过，崔可忻却绝不是没见过激情的人，她虽然不是出身豪门，但是从小的家境和教养就是张爱玲最羡慕的那种，亲朋好友音乐诗歌，父母开明恋人浪漫，要说生活中还有什么匮乏，大概就是磨难。

然后，磨难似乎也就有了。读完中西女中，读完上海第一医学院，一九六〇年毕业"分配"来到困难时期的贵州安顺，靡靡之音不能唱，革命歌曲也不能随便哼，她一门心思悬壶济世，跑遍贵州山区参与血吸虫病的治疗。在生活的巨大逆差里，在我们常人视为灾难的人生里，崔老师却甘之如饴，甚至把贵州二十四年视为生命财富，一方面自然是青春和爱情的支持，是教养的担当和时代理想的号召，另一方面，是只有见过生病的崔师母以后才能理解的。

二〇一八年，我们在上海师大组织一个叫"与二十世纪同行"的会议，多少也包含一些想给几位同是一九三九年出生的老师祝寿的意思，包括洪子诚老师、李欧梵老师、李陀老师、钱理群老师和吴福辉老师。电话打给钱老师，他的声音从未有过的低落，说是没法出北京，晚上睡觉需要呼吸机。放下电话我有点沮丧，想着钱老师的精气神怎么没有了，但当时不知道钱老师的低落，完全是因为师母查出了胰腺癌，而且没法手术了。后来知道了原委，今年一月，晓忠就带着我们一起去泰康之家探望师母。

到泰康，我们先在大堂定了定神。大家也都活了半辈子，却谁都没学会如何面对一个在死亡阴影里的人。但是开门进去，出乎我们所有人的意料，死亡能阴影全世界的人，包括钱老师，但是不能阴影崔老师。

她声音响亮，眼神清亮，大声对我们说，不用告诉我这个不能吃那个得吃，我是医生，比你们谁都知道。她给我们看照片，看她整理的唱歌视频，我们十来个人，围坐在沙发上，看她在路上唱在家里唱，在圣诞唱在春节唱，在清晨唱在黄昏唱，有时独唱有时合唱，有时英文歌有时中文歌，有时地方戏有时歌剧调。沧海桑田，她依然是人群中最美的那个，岁月流逝，她是那个唯一打了胜仗的人。很多年前，我们就没有能力抒情了，我们在爱情中死去一点点，在工作中死去一点点，我们暗夜行路唱唱歌，因为心里怕，我们同学聚会唱唱歌，大家随个喜，生活削铁如泥把我们都变成了干燥的人，但是崔老师没有。她是唯一有资格说，那美好的仗我已经打过，当跑的路我已经跑尽，所信的道我已经守住，她说完这些，还能用天使声音抚慰我们，告诉我们，旧日朋友岂能相忘。

那天上午阳光很好，钱老师签了很多书送给我们，昂扬地告诉我们：我们已经对死亡做好准备了。可是我看得出来，钱老师所谓的准备，主体是师母。一天工作十六个小时的钱理群，把全部身心献给当代中国的钱理群，尽管称得上和崔可忻风雨同舟，但师母才是那个实际的掌舵者，用桂梅的话说，崔老师才是钱老师人世安稳的底子。研究者的属性要求全情投入，这样自私的职业本质必然连累身边的人，这方面，钱老师大概也不例外，但是，他幸运地遇到了儿科大夫崔可忻，所以，看《三毛流浪记》，还是一眼能认出，银幕上那个傻乎乎的富家少爷，嘿嘿，不就是我们的钱老师？二〇一九年一月二十八日，师母打完点滴，吃了镇痛片，一袭白裙，上台演唱《我的深情为你守候》，不知道钱老师听了有没有掉眼泪，但我打心眼里觉得，没有师母的深情守候，钱老师额头的两个鹅卵石早就走样了。

有些人付出是爱情，有些人付出是习惯，有些人付出是品德，崔老师的付出，包含了所有这些，还有，对生命深情又理智的透视。深情来自她的音乐生涯，理智来自她的医生职业，两者如此完美地交织在她的身上，让人觉得，她就是各种年纪的喀秋莎，各种年纪的刘三姐，岁月向她馈赠的东西，她全部馈还给人间，所以，面对突然而至的死亡消息，她展示了真正的贵族风度：稍等，让我安排一下后事。

她告诉钱老师衣服放在哪里钥匙放在哪里遥控器放在哪里，她如此淡定，让我莫名想到雨果的《巴黎圣母院》，"海绵吸够了水，即使大海从它上面流过，也不能再使它增添一滴"。我说不清楚师母从岁月中汲取的水，温度到底多低或多高，我只知道，在她面前，钱老师的伟大，也只是像水滴。而没见过她的人，根本没法明了。

"老哥"任溶溶 / 简平

我和著名翻译家、作家、出版家任溶溶先生是名副其实的忘年交。任溶溶大我三十五岁，属于我的父辈，但他一直管我叫"小弟"，而在我心里他就是我最爱戴的"老哥"。

在"老哥"任溶溶生命的最后几年里，我俩的情谊越发深厚了。由于戴上了须臾不能离开的氧气面罩，他基本谢绝了别人的探视，对我这个小弟却"网开一面"。我可以不用通报，随时去看望他，和他海阔天空地聊天。这位视快乐为儿童文学主旋律的长者，即使戴着氧气面罩，即使肌体开始退化，仍始终乐观而幽默，所以，我们每次相见都很快乐。

我和"老哥"任溶溶聊得多，有一点是因为我们有一个共同的话题，那就是动画电影。说起动画电影，任溶溶觉得这对他走上儿童文学翻译道路有着重要的影响。他是资深电影迷，三四岁就坐在妈妈膝盖上"孵"电影院了，尤其喜欢看动画片。他还开了家一个人的"电影院"——自己编写电影说明书，自己写故事，自己定演员……他说起自己看过的影片总是滔滔不绝，连小时候看的影片都记得一清二楚。他曾回忆道，早年间看好莱坞电影，正片前都会加放一些短片，"加映的动画片是我们孩子的至爱。在迪士尼改拍长动画片后，加映的动画短片就只能看到《猫和老鼠》以及《大力水手》了"。当然，有了长动画片后，他就更加痴迷了。而他最早翻译的外国儿童文学作品，恰好有许多改编成了动画片，因此大受欢迎，也鼓起了他翻译的劲头。比如，他翻译的《小鹿斑比》《小飞象》等，都是迪士尼动画片英文原著。

　　让任溶溶没有想到的是，有一天，他自己创作的童话也会被拍成动画片。一九六二年，由上海美术电影制片厂拍摄的动画片《没头脑和不高兴》上映后轰动全国，家喻户晓。任溶溶成了香饽饽，被动画片创作者拉进了"圈子"里，经常去参加相关的讨论和策划。一九七九年，他的《天才杂技演员》又被拍成动画片，又是好评如潮。二〇〇八年夏，我所在的上海广播电视台（SMG）想加大动画片的创作力度，让我把任溶溶请来开会做参谋，他不仅认真准备，亲自到会发言，还陆续写了好几封信来，提出许多宝贵的建议。

有一次，他给我寄来两本他翻译的书，一本是《地板下的小人》，一本是《吹小号的天鹅》。他告诉我说，这两部儿童文学作品都被搬上了电影银幕，前一部他多年前看过，后一部则是新近在电影频道里看的。动画片片名改成了《真爱伴鹅行》，一开始他还没意识到，看了一会才惊喜地发现，这不就是根据《吹小号的天鹅》改编的吗？因此，他认为抓好原创儿童文学可以为动画片的创作提供丰沛的源泉。他在随书致我的信中深情地写道："我是衷心祝愿我国美术电影事业更上一层楼的。"

任溶溶是从二〇一六年开始戴上氧气面罩的。那年八月，他因呼吸障碍住进了华山医院。我去看望他时，问他想吃点什么。任溶溶是个美食家，可那时他说只能吃粥了，我听了很是难过。他虽然出生于上海，可祖籍是广东，小时候还在广州生活过，因此，对粤菜情有独钟。于是，我去久光百货八楼的金桂皇朝粤菜馆排了很长的队，为他买了三种粥——顺德拆鱼粥、皮蛋猪展粥、冬菇滑鸡粥。

戴着氧气面罩的任溶溶瘦了不少，说话因戴着面罩而有些吃力，但思路清晰，精神也不错。即使生病住院，他还是停不下笔来，在用过的废纸上写东西，其中记录了他的邻床中午吃了多少饭、多少菜："这位九十八岁的老人，虽然比我大五岁，可是身体比我好得多。有许多生活细节，他都能自理，特别是他的吃功令我十分佩服。他从不挑食，来什么吃什么，吃得精光。"我看后不禁莞尔。他悄悄地用手指给我看，确认他写的是那位邻床。我也悄悄地附在他的耳边说："你把他的姓名和身份搞清楚，以后写篇文章。"他听后点了点头。

后来，他真的去问了，原来这位邻床是抗日老战士，曾在新四军的兴化独立团任职。在医院日夜陪护的任溶溶的小儿子任荣炼告诉我，父亲每天都这样在纸上写写画画的。我临走时，问任溶溶要了那张纸，并突发奇想，我要把他写的这些东西统统收集起来，然后出一本书。我的这个愿望后来真的实现了，二〇一八年六月，收有任溶溶写于二〇一六年六月至二〇一七年五月间文字的书《这一年，这一生》由明天出版社出版，作为我献给"老哥"的生日礼物。这本书里，我还请荣炼画了插图，这些插图同样非常幽默，有一种动画片的感觉。

渐渐地，任溶溶连粥也吃不了了，我非常担心，跟他说，总是要吃一点东西的，不然，身体怎么会好呢。他想了想说，那就喝点葡萄汁吧。我追问：你想喝哪种牌子的？他又想了想，然后告诉了我。我当即买了两箱送了过去。去年三月，我去看望他时，跟他说了一件事：我读中学的时候，没有什么书可看，学校图书馆的一位老师见我喜欢看书，便偷偷地塞了两本书借给我，其中一本是商务印书馆出版的意大利作家柯罗狄的《碧诺基欧奇遇记》（即《木偶奇遇记》）英语简写本。我说，我在写自己的影像自传时，又看了一遍这本书，还在网上看了一遍根据这部童话改编的动画片。任溶溶听后，马上让荣炼找出人民文学出版社出版的他翻译的《木偶奇遇记》。说起这本译著也是传奇。我当年无书可看的时候，任溶溶在干校里也无事可做，于是，他偷偷自学起了意大利语，甚至不声不响地从意大利语直接翻译出了《木偶奇遇记》。他说，我们俩还真是"有缘"啊。他很开心地用有力的笔触在书上为我题签："最最最最亲爱的好朋友简平小弟留念"。

二〇二二年五月十九日是任溶溶的一百岁生日，没有想到，一场"疫情"竟让我们难以相聚。

在这之前，荣炼几次发来微信，说他父亲很想念我、问候我。我想来想去，决定拍一条视频给任溶溶，祝他生日快乐。荣炼说，他父亲看了好几遍，并谢谢我对他的祝福。今年夏天，上海特别炎热，我放心不下任溶溶，跟荣炼商量，我拿到核酸检测报告后，即让女儿开车送我去他家探视。可荣炼说，"疫情"还没有缓解，天气又过热，还是再耐心等等。九月中旬，我和荣炼终于约好，二十三日那天去见那么长时间没有见到的任溶溶。

不料，二十二日早上，我却得到了任溶溶在当日凌晨于睡梦中离世的噩耗。

那天晚上,我和荣炼在电话里一起失声痛哭。

虽然"老哥"不在了,但二十三日我还是如约前往。看着空落落的床铺,想到以往我们坐在床边聊天的时光,不禁泪水汹涌。我脱下帽子,向任溶溶的遗像鞠躬,我在心里说,我的生命里能遇到这样一位诚挚的老哥,这是何等的幸运!

我才离开,收到荣炼发来的微信:"帽子忘了!没头脑!"

我回复道:"先搁着吧。不高兴。"

永不熄灭的北极光 / 付帅
——悼念许渊冲先生

我有幸在许老晚年,与他有十多年交往的机缘。今年四月十八日是许老一百岁的生日,第二天去看望他。他看起来还很精神,仍在工作。不料一个多月后,听到他仙逝的噩耗,甚是意外、难过。记得最后一次和北京外国语大学朱凯教授去看他,听闻同班同学朱伯章先生九十四岁无疾而终时,许老曾说:"无疾而终好,老人就希望无疾而终。"没想到,他真的也"无疾而终"了。他平静地走了。

初识许老是在二〇一〇年,那年我刚到外语教学与研究出版社工作不久,很幸运有机会陪人文社科分社吴浩社长去许家拜访。当时我们分社成立不久,有意策划出版许老的全集。这第一次拜访没有做好功课,对许老尚无深入了解,见到他给我的名片上写道:"书销中外百余本,诗译英法唯一人",顿感好大的口气!回到单位后,在网上搜索,见许老等身的著作,才发现狂言绝非虚言,初见时真是"有眼不识泰山"了。

因为全集出版之事,在帮着许师母梳理版权的过程中,发现问题多多,许老授权较为"随意","专有、非专有"、授权"五年""十年"的合同都有,因存在侵权的法律风险,所以想在短期内做全集,基本上不太可能。我们当时只签下《逝水年华》这本许老自传的再版本,暂时放弃了做全集的念头。不过,我从法律专业的角度,善意提醒许老夫妇,以后只须签"非专有"。这样至少不至于给自己惹版权的麻烦。后来二老基本遵循我的建议,他们虽然仍不看合同大部分的条款,但一定会注意到"非专有"的约定。许老于二〇一九年十一月应邀到北京外研书店做客,送他回去的路上,我问起版权之事,他立即说:"我记得呢!非专有。"让我颇为感动和欣慰。

我与许家来往时,发现有不少缘分:许老在西南联大读本科,我在云大读本科,虽然时间相隔半世纪以上,但谈起云南的美食、风物都颇怀念;许老是北大的名教授,我是北大的研究生,都是北大人;我是张家口人,许老曾在张家口执教过,许照君师母是河北人,也有地缘上的亲切感。总之,我与二老越来往越感到亲近,加之老人的孩子都不在身边,我便乘逢年过节,尽量尽些"有事弟子服其劳"的义务。

许师母性格活泼开朗,对人很热情,大部分外联事宜都由她办理。我开玩笑夸她说,她是许老的金牌"经纪人",她也欣然接受。有时陪同事、媒体去看许老,接洽好之后,我就和师母在旁边的屋子里聊天。她会骄傲地谈起远在美国的儿子,或者讲起自己年轻时候的故事。还记得她提及名字的由来:照君老师年轻时在西柏坡做密码工作时,有次见到毛泽东主席,毛主席一听她的原名赵军就说,昭君是要出塞的呀。于是她就取姓名之谐音改名为照君。

许师母热爱许老,还有些崇拜他,在聊天时总是称呼"许先生"而不名。有一小事印象深刻,有天晚上去许家做客,二老拿出凤凰卫视刚给许老拍的纪录片光盘给我看。其中有许老谈起大学时候因爱情而痛哭流涕的镜头,我当时还"担心"师母的反应,哪知她一如既往地平静,让我敬佩不已!我最后两次见到许师母,是许老上了中央电视台《朗读者》节目"火红"了之后。许老因为上了《朗读者》后,各种出版社、媒体、粉丝们纷至沓来,变得越来越忙。我有一段时间就没有再登门拜访。突然有一天,师母叫我过去教她使用"微信"。她一边学习,一边感慨"太累",还戏言:"人怕出名猪怕壮。"当时还觉得虽然累人,但是很"与时俱进"。之后没多久,我听到她住院的消息。

恰逢北大校庆，参加完校庆同学聚会活动之后，我匆匆奔赴校医院，在护士的指引下找到师母的病床。许师母已不能说话，也不认识人。我在旁边拉着她的手说话，忽然师母眼角流下眼泪。我想她应该是认出我来了。一个多月以后，许师母就永远离开了我们。因为师母比许老小几岁，加之性格活泼，总是觉得她很"年轻"，没想到却走在许老前面，让人很是意外和难过。

许老很健谈，声音又洪亮，但三句不离本行，他最挚爱的莫过于翻译。我因为做出版工作，也结识了江枫、屠岸等很多与许老同一辈的翻译家，与他们闲聊，总是能隐约感到他们与老先生之间由于翻译理论之争，颇多"恩怨"，但是又觉得老人家们都很"真"。记得江枫先生的《不够知己》出版时，我正要拜访许府，一时忘记两人在翻译上的不同意见，就带了江枫的新书作为"伴手礼"去见许老。许老见到江书，我察言观色，感到不妙，表示歉意。许老说："没事儿，我看看他翻得有多差。"我回来后婉转告知江先生。他哈哈一笑说："他也未必翻得多好！"

另有一次，熊式一的《天桥》中译本出版，因为知道熊是许老的表叔，两人在国外还有颇多过从，特意带书去送给许老。没想到书前有一首诗，是请屠岸先生翻译的。许老看后很不满意，挑出几处他认为译得不好的地方给我看，觉得应该由他来译才对。吐完槽他又跟我说：屠岸好像也九十多岁了。你就不要告诉他了,免得让他生气!神情甚是可爱。

许老"自负"。他批评别人,不稍假借。别人批评他,他直言回应,毫不退让。即使年过九十,依然有精力打笔战,斗志高昂。记得在二〇一七年的下半年,我看到网上有一位研究文学的副教授撰文说许老的"英文不过关,还有抄袭嫌疑"云云。我怕许老会拍案而起,没敢告知。哪知第二天,许老就托许师母来电询问某位记者的电话和邮箱,他要撰文回击。我劝他犯不着去回应无端的指控,但他还是回应了。二〇一九年的十一月里,我请许老来书店做客,当他看到新出的《许渊冲英译毛泽东诗词》,马上拿书翻阅,看看是否更正了多年前旧版本中的错别字,足见他的认真。那股子毫不含糊的精神,令我更加懂得,许老是多么爱惜自己的作品及其翻译事业!

许老从十八岁开始从事翻译,到一百岁仍然着迷于此,夜以继日,孜孜不倦,译出大量的中外名著,近百部的作品,何止等身?他的精神与毅力,罕见其匹。翻译原是艰巨的工作,不同的语文之间有隔阂,排除隔阂犹如跨越鸿沟,稍有不慎就会留下遗憾。译文要能信、达、雅,知之甚易,行之维艰,三者之间孰轻孰重又争论不休。许老最重"雅",也是他与同侪争论的要点,例如他译《红与黑》的最后一句"她死了"为"魂归离恨天",引起不小的风波,很多人批评译得不"信",有违原文的"真面目";其实,中文读者看到"魂归离恨天",难道会有"死了"以外的理解吗?中译能使中文读者"信""达",足矣!我想,将之译成古典的"魂归离恨天",提高到"雅"的层次,有什么不好呢?我的朋友汪荣祖先生就觉得直译无法沟通不同语法的隔阂,直译貌似"信",但既不达也不雅,所以主张"意译是王道"。他特别欣赏许老讲究翻译的三美:意美、音美、形美。有了三美才能将译文提升到艺术的高度,庶几不亚于创作的地位。译诗更难于译文,一般人只能译成"自由体"(freeverse),但许老坚持诗要押韵,如章太炎所说,诗不押韵如和尚吃肉,殊不可取。但是要把汉诗译成有韵的洋诗,或将洋诗译成有韵的汉诗,难度都极高,而许老优为之,连他的老师钱锺书先生都赞叹,许渊冲居然能够戴着脚镣跳舞。当我看到许老译杜甫有名的登高联句:"无边落木萧萧下,不尽长江滚滚来":

The boundless forest sheds its leaves shower by shower,
The endless river rolls its waves hour after hour.

不仅押了韵,而且展示了原句的对仗,令我啧啧称奇。我深感许老的自负与执着有他的底气,他毕竟能以中、英、法三大语文互译,舍"许"其谁?他译作之丰硕,几人可望其项背?他于二〇一四年获得"北极光"杰出文学翻译奖（Aurora Borealis Prize for Outstanding Translation of Literature），为国际最高奖项之一，不仅是中国第一人，也是亚洲第一人。许老在翻译领域内，奋斗一生，实至名归。他的名山之业将如北极光一样，永远不会熄灭！

十年来与许老过从甚密，他突然离去，令人顿有失落之感。去年腊月胡晓凯女士寄来许老《西南联大新生日记》的样书，披览之下，兴趣盎然。说来又是缘分，北京外国语大学朱凯教授在我办公室看到《西南联大新生日记》借去翻阅，发现其父伯章先生竟是许先生大一时的同班同学，提到许老当年追求的女神"颜如玉"，是伯章先生的同乡好友，晚年更多通信往来。当许老进入一百零一岁的第一天，我邀请朱凯教授一同去拜访老寿星。朱凯教授很有心，特意抽空回到青岛老家找到信件和女神的照片，复印后作为礼物送给许先生。许老感到相当惊喜与兴奋，谈兴甚高，笑语不断。老人一派天真烂漫。当时我就想写一篇许老日记的读后感，题目都想好了：《百岁依然一少年》，但迟迟未能动笔，直到惊闻许老逝世的噩耗，想到与敬爱的老先生交往已逾十年，聚谈也不下数十次之多，不胜伤感。翻阅往日的照片，追忆逝去年华的点滴，写下这篇短文，以表达对许老的怀念与哀思。

不老的钱理群 / 邵燕君

十几年前,我写过一篇长文《赤子佛心钱理群》。那次是钱老师让我写的,他的《我的精神自传》要在台湾出版了,出版社提出要一个导读。没想到,钱老师居然让我写这个导读,真是受宠若惊。那篇导读最后写成了"我读钱理群",这其实也是学钱老师的。钱老师一辈子的学术工作主要是处理他与两个精神导师(鲁迅、毛泽东)之间的关系,"与鲁迅相遇""我和共和国、毛泽东六十年"构成了他"心灵探寻"的主要历程。钱老师也是对我的人生观、价值观影响最深的"精神导师",像我这样的人,北大内外还有很多。这次又有幸写钱老师,我就接着往下写。

一

　　进入中年以后，我总想着应该多去看看几位老师，陪伴一下他们的晚年，虽然事实上没做到。中年是什么感觉呢？有一句话让我刻骨铭心，就是早晨一醒来，发现周围都是靠你的人，却难得有你可以靠的人。但我觉得，有几个老师还是可以在精神上靠一靠的，虽然他们有的已经连路都走不动了。去看他们，也是上最后一门必修课：学习如何面对老、病、死。

　　钱老师自从二〇〇二年退休以来，在写作上进入了井喷期。然而，近几年来，他的生活发生了两次重大的转折，一次是二〇一五年夏季搬进养老院，一次是二〇一九年夏季师母崔老师的离世。

　　钱老师进养老院的新闻最早好像是温儒敏老师在微博里爆出来的，一下引起不小的新闻效应，大家的联想都是"知识分子晚景凄凉"什么的。我和几个闺蜜也赶快跑去看钱老师，结果完全和想象的不一样。这家叫泰康·燕园的养老院确实很超前，像一家五星级酒店。钱老师兴致勃勃地带我们参观，钢琴大厅，各种小教室，游泳馆，健身房……吃过午饭后，我们在一个室外的露台坐下聊天。我记得那天天气很好，微风吹过四周的绿植，感觉像在欧洲。钱老师上一个居所叫枫丹白露，也是欧洲范儿的。我问钱老师:"您很喜欢这里吧?"钱老师笑眯眯地点点头说:"这里洋气。"然后,又说,"崔老师定的。"

崔老师定的。钱老师的一切,除了学术的事情,什么不是崔老师定的呢?崔老师是钱老师生活的"底",是定海神针。

我以前只知道崔老师是上海人,好医生,后来看了崔老师临终前编的文集《我的深情为你守候——崔可忻纪念集》才知道,崔老师竟是这样的大家闺秀!她和钱老师可真算门当户对,都出身于学术世家,父辈都做过民国的高官,他们从小都受过最好的西式教育(崔老师读了六年的中西女中是宋氏三姐妹的母校),毕业于最好的大学(崔老师毕业于上海第一医学院,钱老师毕业于北京大学),并且又都在一九六〇年大学毕业时,被"分配"到贵州安顺卫生学校,按崔老师的话说,"一个跟头翻到了最底层"。然而,他们却完全没有"最后的贵族"式的哀怨,而是立刻投入了基层教育的事业。临终之际,崔老师说,在贵州那二十五年,是她一生中最有意义的日子,培养了两千多名学生,治好的患儿(崔老师是儿科医生)不计其数。这些实实在在的成果,比她后来(一九八四年)调到北京后的"高大上"工作有意思得多。"我虽不是基督教徒,却好像在按照上帝的旨意做奉献。我不是党员,却在真心实意地'为人民服务'",这是崔老师对自己一生的总结。

钱老师经常谈起崔老师,有两句话令我印象最深。一个是在结婚前("文化大革命"尾声时期),崔老师答应了他一个十分苛刻的条件,就是要随时准备他可能进监狱。另一句是,钱老师说,崔老师在任何时候都能让"一切如常","事态越是严峻危险,家庭气氛越是宽松平静"。在他们两人调侃时,我甚至听到过这样的话,崔老师唠叨钱老师生活能力差,说他在自己这里享受的是"子女待遇",钱老师立即自己补充说"是独生子女"。在献给崔老师的著作《大小舞台之间——曹禺戏剧新论》的后记中,钱老师写道:"她是我生活中永远不倒的树。"如今这棵树倒了,钱老师该怎么办呢?

我见到崔老师时已经比较晚了,她在病床上已经躺了好几个月。二〇一八年十月底,崔老师在发现病兆后,自己判断是胰腺癌。在经过几个医院的检查、确诊后,和钱老师不需商量就共同决定:放弃治疗,住进养老院内部医院,不求延长生命时间,只是减少疼痛,维护生命最后的尊严。然后,崔老师高效地处理了一系列事:家里的事、钱老师以后生活的事、自己的后事,包括最后的告别仪式和灵车上的音乐(用的是崔老师自己唱的歌),都一一安排妥当。一切尽善尽美。

在生死大限之际,崔老师表现出来的大智大勇和大能,令所有人叹为观止。然而,这样的冷静决绝却不意带来另外一种格外熬人的痛苦，就是通向终点的那条路太笔直、太单调了，没有一个岔口，没有一点波澜，没有一丝可以混同为希望的虚妄。我去看过两次崔老师，每次都不知说点什么好。崔老师这时已经瘦成一把骨头了，几个月不吃不喝，就靠营养液维持，但依然很清醒。她和我们聊天时，倒是一切如常，包括她抱怨"这也太不人道了，拖这么长时间，也不昏迷"，声调语气也依旧如常。不知道在没有亲朋来探访的时候，只是钱老师一个人来的时候，会是什么样呢？他们会说些什么呢？或许什么都不说吧。这时钱老师自己也查出癌症（其实是钱老师先查出癌症的，但是早期，可治），对于两个看淡生死的强大灵魂来说，阴阳之界可能已经不是什么蹚不过去的河。死神陪着他们熬了半年，也成了老熟人了吧。

我们都担心，钱老师能挺过去吗？最让人担心的是，在此之前，他说，最想写的东西，已经写完了。钱老师的家族有癌症病史，所以，这些年，他都是在和时间赛跑。我记得有一次他说："我有时真怕最想写的东西写完了，那我该怎么办？"我说："那您慢点写。""那我死了，我想写的东西还没写完怎么办？"写作是钱老师存在的方式，如果最想写的东西写完了，还有什么能把他留下来？

不过，事实证明，钱老师的生命力比我们想象的更强大。在崔老师的告别仪式上，那么多人痛哭，我看到钱老师没有哭。我拥抱他，他的回抱也很有力。我觉得他身上有一种接受一切的坦然。送走崔老师不久后，钱老师说，他要去贵州住一段时间。贵州，已经成为他真正的故乡，他栖息将养的地方，那里的学生和朋友于他也更是亲人。从贵州回来以后，我感觉钱老师"又回来了"。去他家里聊天，一切和从前一样。满屋都是崔老师的照片，好像崔老师没有走一样。一切如常。

二

我一直在想，钱老师走的这条面对老病死的路，一般人走得了吗？我觉得走不了，反正我不行。这不仅因为他的精神力太强大了，更在于他的关注点不在自己身上，而在于超越一己之私的价值感和使命感，这就把通常针对个体生命的病魔给"晒"在一边了。

钱老师其实患有几种很严重的病，前列腺癌、糖尿病、高血脂，任何一种都能够把人"拿住"。但钱老师说他"没有感觉"，反正就是三个月打一次针，有时候连糖块都照吃。但如果不在"精神燃烧"的状态里，他也就不行了。他说，有一次他和老同学在宁波聚会，比较无所事事。结果一早起来就打盹打呵欠，精神萎靡。"那就是老年的钱理群！"说这话时，钱老师已经年近八十了。

钱老师确实不老。岂止是不老，他旺盛的工作精力对年轻人来讲，简直是一种羞辱。我记忆最深的一次是二〇一二年九月那次，钱老师来我家里和学生们聊天。从早晨十点一直到晚上七点，整整九个小时，基本是钱老师一个人在说话。中间还去吃了一次午饭，也主要是钱老师在说话。晚上七点的时候，我接师母指令送钱老师回家，钱老师还说"我不累"，我说"我们累了"。第二天，我果然起不来了。躺到快中午，突然一个激灵，赶紧给钱老师打电话，问他身体怎么样。钱老师说，没事啊，我已经写了三千字了。我说，好吧，您不仅在精神上，也在身体上，摧毁了我们。

钱老师是一九三九年出生的，上研究生的时候已经三十九岁。据洪子诚老师统计，从一九八八年出版《心灵的探寻》开始，至二〇二〇年一月二十日，钱老师出版的著作达九十部，编纂六十五种；这还不算有的论著修订后的多次再版的。洪老师说："之所以标出准确的截止日期，是时间对他来说很重要，况且他还有多个写作计划（多部的三部曲）在进行中，说不定哪一天又有新作问世。"我记得前两年，钱老师就得意扬扬地告诉我，他已经写了二千多万字了，在上课、讲座、聊天的同时，平均每天两千字。我说："您可以做网络作家了。"

钱老师不看网络小说，但对通俗文学一直持很开放的心态。

我还记得我大四的时候，钱老师在课上说，他虽然不懂武侠小说，但如果有谁想写研究武侠小说的毕业论文找不到指导老师的话，可以找他。钱老师的这句话相当鼓励我，十年前我在北大开网络文学课的时候，所有选课的同学都比我懂得多，我就拿钱老师这句话当旗号。

后来当听到我说鲁迅在网络作家中的影响力很广很深的时候，钱老师高兴极了。在一篇题为《鲁迅杂文》的论文里，谈到鲁迅杂文与现代报刊传媒的关系时，钱老师甚至说，鲁迅是网络写作的先驱，"其实，杂文很有点类似于今天的网络文学，所以大家不要觉得鲁迅的文学很神秘，他的杂文就是今天的网络文学，只不过是发表在纸上。我曾开玩笑说，大家不要小看网络文学，说不定网络文学作者中将来就会出现一个鲁迅"。

这句话经常被我扯来作为为网络文学辩护的"大旗"，另一面"大旗"是钱老师的写作速度。平均"日更"两千，实际上经常是一天七八千字，写五六个小时（个别时候会达到八九个小时）。那可是在写思想史啊！当然，在正式发表以前，钱老师已经有了四十年的积累。即便如此，这个写作速度也是太惊人了！所以，写得快，并不一定就是注水，有的人就是才思敏捷。在师母的技术支持下，钱老师很早就"换笔"了，因为，只有电脑速度才匹配他的思维速度。

其实，我也一直搞不懂，钱老师怎么能写得这么快？我猜想，有一点，钱老师是与网络作者（尤其是那些"用爱发电"的非商业写作作者）相通的，就是他们的写作，本质上都是"欲望写作"。在钱老师这里，所有的写作都是真心想写的，没有一件是"活计"或"苦役"。事实上，在上研究生时，他的导师王瑶先生一直是"压着他"的，让他不要着急发表。一旦开了闸门，就是喷薄而出。钱老师本来起点就高，又极度自信，所以，他的写作过程只是自然上升，没有刻意提高。写作对于他，一直是畅快并easy的，既没有心理门槛，也没有"规范"束缚，从心所欲，驰骋无忌。尤其是退休以后，更是进入完全自由的状态。这种自由，甚至包括文体的自由。他现在最喜欢用的"讲述体"（以历史叙述、讲故事为主，包括历史细节，在此过程中表达自己观点），是他自己独创的，和他讲课、聊天的风格是一路的。写作对于他是一种很high的沉浸状态，是身心喜悦的自我实现。也只有这种high的写作，才能四十年如一日，浩浩汤汤，奔流不息。

三

一九九八年，钱老师向学生们提出"沉潜十年"，这主要是对七〇后、八〇后学生说的,钱老师对他们寄予厚望,认为他们在知识结构和精神基础上都要优于他所属的三〇后,以及四〇后、五〇后、六〇后,希望他们"潜到自我生命的最深处,历史的最深处,学术的最深处",拿出些"大东西"来。

然而,十年后,在北大一百一十周年校庆时,钱老师却发表了一篇题为《寻找失去的大学精神》的文章。在这里,他激愤地指出,现在的大学正在培养"精致的利己主义者","他们有很高的智商、很高的教养,所做的一切都合情合理合法无可挑剔,他们惊人地世故、老到、老成,故意做出忠诚姿态,很懂得配合、表演,很懂得利用体制的力量来达成自己的目的",最大限度地维护"一己的利益",这已经成为"他们的言行的唯一的绝对的直接驱动力"。钱老师再一次感叹,这是自己"理想主义、浪漫主义的精神气质的弱点的一个大暴露""种下龙种,收获了跳蚤"。

在以后的十几年中,"精致的利己主义者"成了一个流传越来越广的社会流行词。其实,岂止七〇后、八〇后?我们每一代人中都有"精致的利己主义者",我们每一个人身上,也都有"精致"的部分,甚至特别"精致"的时刻。这是无可奈何的事。

钱老师确实是一个无可救药的理想主义者。但我发觉,近年来,他的理想主义越来越低调。他总是说"想大问题,做小事情""好人联合起来做好事",好事的成效哪怕是小数点零点零零零几,"只要是正数就可以"。这种个人的、理性的理想主义,确实是更有操作性。

二〇一七年的春天,我带着新一批学生去看钱老师。钱老师说,对于学生辈,尤其是我们这些八十年代在北大上本科的六零后学生,他最基本的期望是,"凭兴趣做学问,凭良知做人,组织一个学术共同体"。我当时脱口而出:"我都做到了!"当着自己的学生,确实很得意。

最让我得意的是,我并不知道钱老师有这样的期望,做到这些是自自然然的。我想,只要在一个相对宽松的环境里,做到这些应该不是很难吧?这并不需要勇敢,只需要一定的诚恳,而且是对自己的诚恳——其实,也就是对自己好一些,比较的"胸无大志"。相反,我觉得那些"精致的利己主义者",他们的价值模式和心理模式倒更惯性延续了传统的"理想主义""英雄主义"的模式——为了更长远的利益,牺牲当下的利益——只是在"终极价值"的位置上,用个人价值替代了公共价值。人如果一辈子"毫不利人,专门利己",应该很难幸福吧?而且难免要做狗的吧?

钱老师确实是喜欢年轻人,这些年我不断带学生去见他,最年轻的一拨已经有一九九四年出生的了。他总是能吸引他们。一般人想和年轻人打成一片，需要去靠近他们的文化（比如我），但钱老师不是，他就是凭他自己的东西吸引年轻人。大概是因为，钱老师的"赤子之心"和年轻人的心是天然相通的。

有一件事是钱老师说什么也想不到的。现在的年轻人普遍"爱无力"，尤其跟我做网络文学研究的学生，大都生活在"二次元"。她们可以"饭爱豆""磕CP"，爱"纸片人"，就是不愿意在现实生活中谈恋爱。然而，有一次和钱老师聊回来，有个同学说："要是现实生活中有钱老师这样的人，我是想谈恋爱的。"这真吓了我一跳！因为在我们的眼里，钱老师一直是一个"超性别的存在"，一个"精神性的存在"。看来，只有强大的"精神原力"，才可以穿越次元之壁。

等"疫情"结束了，我想带学生们经常去看看钱老师——"带你们去见钱老师"也是我给学生的"特别福利"——让学生们多从钱老师这里借一点"精神原力"，也请钱老师把他那些"写给未来的书"提前给我们讲一讲。"相信未来"的钱老师是永远不会老的。

这个不老的钱理群，也将是不死的钱理群。

二〇二〇年二月二十七日

怀念，也是不能忘记的 / 韩小蕙

不知为什么今夏的雨水这么多，天雷滚滚，老是让我想起天堂里的张洁，她重新开启的新生活，各方面都好极了吧？转眼间她已离去半年多了，但我仍纠结在二月七日一大早，惊悉她已在美国病逝的那一瞬间，当时只觉得眼前一黑，周围电闪雷鸣，泪飞顿作倾盆雨！就在那一周前的春节前夕，我还给她发了电邮，却一直未收到回复。我心中隐隐有所不安，因为以前每次发电邮过去，都是很快就能收到她的回信。上次通电邮是在二〇二一年的"十一"，我发去节日问候，她马上就回了一封短信，全文如下：

小蕙，接到你的信真高兴，已经很久没有你的消息。接到你的信后，知道你一切都好，放心了。

我还好，就是太老了，走路都摇摇晃晃了。

不过女儿已经把我接到他们家来了，全家对我都很关爱。女婿还经常给我做饭吃，孙子、孙女也都照顾我，可惜他们都工作了，不经常回来。想想上帝还是公平的，我一辈子受苦受难，却给了我这样一个安逸的晚年。

你要多多保重，世界变得如此麻烦啊！

想念！

张洁

唉，我非常后悔没重视其中的一句话——"我还好，就是太老了，走路都摇摇晃晃了。"当时我不以为意，还对她说："你哪里老了，人家马识途马老一百零七岁了，还在写书，你比他年轻太多啦！"现在我才明白，张洁当时已经是重病在身了，但生性要强的她，绝口不跟人提起自己生病。张洁就是这样的人，她看似外表柔弱，其实内心刚强无比，承受力堪比钢铁！

我跟张洁认识于一九八六年，那是她以长篇小说《沉重的翅膀》获得第二届茅盾文学奖不久，我任职的单位光明日报社派我采访她，从而有了三十六年的亲密交往史。在她的病房里、家里，在画展上、会场上……点点滴滴，一幕一幕，全都浮现眼前,我亲爱的老师——生前,张洁不允许我这样称呼她,她也不喜欢腻腻歪歪的"姐姐妹妹"之类,只让我直呼她的名字——竟然就这样离开了我们,离开了这个世界,像一个美丽的精灵,回到了她的森林深处!

最让我的心刀剜一样痛楚的是她的去国。曾经,在北京和平门市文联的红顶楼,张洁把她的家布置得多么温馨且有艺术气息,钢琴上摆满了她获得的各种最重要的奖牌。张洁从不炫耀她的成就,以至于只有很少人知道早在一九八九年,她就获得了意大利马拉帕蒂国际文学奖,这个奖一年只授予一位作家,博尔赫斯、索尔·贝娄等都是其得主。后来张洁又获得了意大利骑士勋章,以及德国、奥地利、荷兰等多国文学奖。一九九二年张洁当选为美国文学艺术院荣誉院士,这是至高的荣誉,因为这院士全世界只有七十五人,不增加名额,去世一人才增补一人,获此殊荣的中国作家只有她和巴金。张洁是我国第一位获得长篇、中篇、短篇小说三项国家奖的作家,也是唯一一位两度获茅盾文学奖的作家,真正的巾帼强过须眉呵。

张洁当然很珍惜这些荣誉,但她最看重的,还是自己的作品。我亲眼看见她用写诗歌和散文的方式写长篇小说,也就是说,一句话、一个字、一个标点符号地"炼",再三再四地修改。《沉重的翅膀》大改了四次,以至于累得因心脏病住了院;

《无字》写了十二年,十二个春花秋月夏暑寒冬!两度获茅奖以后,她也未放下笔,为了又一个长篇,她竟不顾年事已高,浑身病痛,只身去了远隔千山万水的秘鲁,到古老部落里寻觅人类文明的源头与真相,这是冒了生命危险的,行前她非常清楚,自己也许回不来了,但她还是义无反顾地上了路……

张洁实在是太优秀了,白纸黑字,为我们留下了那么多文学珍宝,够我们的孩子、孙子、子子孙孙阅读与研读。她是中华民族走到当代的一个不可多得的女作家,其灼灼的艺术光芒永不会熄灭——每念及此,我心痛,喘不上气来,我坚信她的骨灰终有一天会回到故里,不然老天爷也会看不下去的。

前面说过,张洁就是不许我们喊她"老师",只准直呼"张洁",并结结实实地砌了一堵墙,挡住我们的任何"反抗"。这曾经在很长一段时间里,给我造成了相当的不适应,你说,北京人是多么讲究长幼尊卑礼节的群体,从小在这种氛围里长大的我,怎么也做不到直呼"张洁"呀。但在她的本真、不装、不自我感觉良好、不毫无理由地傲视别人的一派纯粹面前,我,还有几位女作家闺蜜,都被这堵墙撞得头破血流。我们只好从命,大家一起互相努着劲儿,喊出她的名字。以后,随着情感的递进,最后竟也渐渐变得行云流水般自然和顺畅了。

张洁的文学水平在中国当代作家中处于最前端,这是大家都公认的，她的作品也受到广大读者的高度评价，至今，《无字》《方舟》《从森林里来的孩子》《爱，是不能忘记的》《拣麦穗》等作品，依然活在读者心中。张洁在文学的标准上对自己的要求是极高的，我曾感叹她用写散文的态度写长篇小说，她写给我们《光明日报》副刊的稿子也是这样，每篇来稿都是经典，几乎一个字、一个标点符号都不用改。她对文学真是呕心沥血，给所有作家和文学写作者立起了一个标杆，更是我自己终身学习的榜样！

还有一点，我个人最推崇和要学习张洁的，是她对推动社会进步的责任感。张洁始终是站在新时期文学潮头的作家，这一代作家对这片土地爱得无比深沉，经历了"文化大革命"之后，内心都明镜高悬，希望用自己的笔把国家变得更好。所以，他们都有着非常强烈的文学执念，他们的作品不沉溺于风花雪月，不汲汲于个人名利场，而是始终关注着国家的发展和社会文明力量的生长。张洁虽然是女性作家，但堪称是他们当中的杰出代表。

怀念，也是不能忘记的。张洁，魂兮归来！

岁月深处的暖灯 / 赵丽宏

我走上文学创作之路，已经有五十多年，在我的记忆中，最难忘记的，是曾经鼓励、指点、帮助过我的那些文学编辑。他们分布在全国各地，在上海，在北京，在广州，在天津，在南昌，在成都，在南京……和这些城市联系在一起的，是一个个亲切的名字，想起他们，我的心里会感到温暖。其中一位，便是徐开垒先生。

二十世纪七十年代初，我还是崇明岛上的一个插队知青，在艰困孤独的环境中，读书和写作成为我生活的动力。我把自己的习作寄给了《文汇报》，但没有信心。《文汇报》的副刊，是明星荟萃之地，会容纳我这样默默无闻的投稿者吗？出乎意料的是，我的一篇短文，竟然很快就发表了。发表之前我并没有收到通知，以为稿件已石沉大海，或许被扔进了哪个废纸篓。样报寄来时，附着一封简短的信，我至今还清楚地记着信的内容："大作今日已见报，寄上样报，请查收。欢迎你以后经常来稿，可以直接寄给我。期待读到你的新作。"信后的落款是"徐开垒"。

读着这封短信，我的激动是难以言喻的。虽然只是寥寥几十个字，但对于一个初学写作的年轻人，是多么大的鼓舞。徐开垒这个名字，我并不陌生，我读过他不少散文。他的《雕塑家传奇》《竞赛》和《垦区随笔》，曾经打动少年时的我。在此之前，我并不知道是开垒先生在主编《文汇报》副刊。对我这样一个还没有步入文坛的初学者，开垒先生不摆一点架子。此后，只要我寄去稿子，他都很快回信。在信里他没有空洞的客套话，总是给我真诚热情的鼓励。如果对我的新作有什么看法，他会一二三四地谈好几点意见，密密麻麻的蝇头小字，写满几张信笺。即便退稿，也退得我心悦诚服。他曾经这样对我说："因为我觉得你起点不低，可以在文学创作这条路上走下去，所以对你要求高一点。如果批评你，你不要介意。"我怎么会介意呢，我知道这是一位前辈对我的挚切期望。

开垒先生是一个忠厚善良的人，对朋友，对同事，对作者，对所有认识和不认识的读者，都一样诚恳。记得一年春节前，我去看望他，手里提着一篓苹果。那时食品供应紧张，这一篓黄蕉苹果，是我排很长时间的队，花三元钱买的。我觉得第一次去看望老师，不能空着手。到了开垒先生家里，他开始执意不收这篓苹果，后来见我忐忑尴尬的狼狈相，才收下。我现在还记得他说的话："以后不要送东西，我们之间，不需要这个，你又没有工资。我希望的是能不断读到你的好文章。"这样一句朴素实在的话，说得我眼睛发热。春节过后，开垒先生突然到我家来，走进我那间没有窗户的小房间。他说："我知道你在一间没有阳光的屋子里写作，我想来看看。"先生的来访，让我感动得不知说什么才好。走的时候，开垒先生从包里拿出一大袋咖啡粉，放在我的书桌上。那时，还看不到"雀巢"之类的外国品牌咖啡，这包咖啡粉，是他从海南岛带回来的。此后，开垒先生多次来访问我的"小黑屋"，和我谈文章的修改，有时还送书给我。开垒先生不是一个健谈的人，我也不善言辞，面对自己尊敬的前辈，我总是说不出几句话。有时，我们两个人就在台灯昏暗的光线中对坐着，相视而笑。在他的微笑中，我能感受到他对年轻后辈深挚的关切。他是黑暗中的访客，给我送来人间的光明和温暖。

一九七七年五月，上海召开迎接春天的第一次文艺座谈会，一大批老作家又出现在人们面前。那天去开会，我在上海展览馆门口遇到开垒先生，他兴奋地对我说："巴金来了！"他还告诉我，《文汇报》这两天要发表巴金的《一封信》，是巴金复出后第一次亮相，是很重要的文章，要我仔细读。在那次座谈会上，我第一次见到了巴金和很多著名的老作家。座谈会结束的那天下午，在上海展览馆门前的广场上，巴金和几位老作家一起站着说话，其中有柯灵、吴强、黄佐临、王西彦、草婴、黄裳等人，他们都显得很兴奋，谈笑风生。我也看见了开垒先生，他站在巴金的身边，脸上含着欣慰的笑，默默地听他们说话。

开垒先生约巴金写的《一封信》发表在《文汇报》，是当年文坛的一件大事，可以说是举世瞩目。《文汇报》的文艺副刊，在开垒先生的主持下，从此进入一段辉煌的时期。很多作家复出后的第一篇文章，都是发在《文汇报》的副刊上。副刊恢复了"笔会"的名字，成了中国文学界一块引人瞩目的园地。

一九七七年恢复高考，我曾犹豫要不要报考大学，觉得自己走文学创作的路，不上大学也没关系。我找开垒先生商量，他说："有机会上大学，就不应该放弃。"他告诉我，他当年考入暨南大学中文系，是在抗战时期，大学生活开阔了他的眼界。他还对我说，大学毕业后，可以到《文汇报》来编副刊。开垒先生的意见促使我决定参加高考。不久后，我成为华东师大中文系的学生。进大学后，我常常寄新作给开垒先生，他一如既往地鼓励我。记得读大二时，我写了一首长诗《春天啊，请在中国落户》，表达了对中国刚开始的改革开放的欢欣和期待。诗稿寄去不久，就在《笔会》副刊上以很大的篇幅发表，在校园里引起不小的轰动。当时的华东师大中文系主任徐中玉教授看到这首诗后，专门找我谈了一次话，为我发表诗作而高兴，并告诉我，这首诗也写出了他的心情。经开垒先生发出的这首诗，如今还经常在全国各地被人们朗诵。

一九八二年初我大学毕业，开垒先生曾力荐我去《文汇报》工作，最后我选择了去上海市作家协会。虽然有点遗憾，开垒先生还是为我高兴，他说："也好，这样你的时间多一些，可以多写一点作品。"一九八三年，出版社要出版我的第一本散文集，开垒先生知道后，比自己出书还要高兴。他说："第一本散文集，对一个散文写作者来说，是一件大事情，你要认真编好。"我请开垒先生为我作序，他慨然允诺。他很细致地分析我的作品，谈生活和散文创作的关系，还特别提到了我的"小黑屋"。每次，我翻开我的第一本散文集《生命草》，读序文中那些真挚深沉的文字，就感觉开垒先生坐在我的对面，在一盏白炽灯的微光中娓娓而谈，我默默倾听，推心置腹之语，如醍醐灌顶。

一九九八年，文汇出版社要出版开垒先生的散文自选集，这是总结他散文创作成就的一本大书。开垒先生来找我，请我写序。我说："我是学生，怎么能给老师写序？应该请巴金写，请柯灵写，这是你最尊敬的两位前辈。"开垒先生说："我想好了,一定要你来写,这也是为我们的友情留一个纪念。"恩师的要求,我无法推辞。为了作序,我比较系统地读了他的散文,从二十世纪三十年代开始,一直到八九十年代,跨越大半个世纪,他的人生履痕,他的心路历程,他在黑暗年代的憧憬和抗争,他对朋友的真挚,对生活的热爱,对理想的追求,都浸透在朴实的文字中。读开垒先生的文章时,我想到了他的人品。在生活中,他是一位忠厚的长者,对朋友的真挚在文学圈内有口皆碑。他一辈子诚挚处世,认真做事,低调做人,从来不炫耀自己。只有在自己的文章中,他才会敞开心扉,袒露灵魂,有时也发出激愤的呐喊。他的为文和他的为人一样认真,文品和人品,在他身上是高度统一的。开垒先生的沉稳、执着,和文坛上某些急功近利、朝秦暮楚的现象形成极鲜明的对照。他后来撰写的影响巨大的《巴金传》,是他一生创作的高峰,他用朴素的语言、深挚的感情,叙写了巴金漫长曲折的一生,表达了对这位文学大师的爱戴和敬重,也将自己对文学的理想,对真理的追求熔铸其中。

　　人生的机缘,蕴含着很多因素,言语说不清。开垒先生曾经告诉我,如果没有叶圣陶、王统照先生的指引,如果没有柯灵先生的提携和栽培,如果没有巴金、冰心等文学大师的关心和影响,他也许不会有这一生的作为。在我身上,其实也一样,如果没有开垒先生和很多前辈当初对我的鼓励和帮助,我大概不会有今天。《笔会》于我，并非发表作品的唯一园地，而开垒先生在黑暗中对我的引领，在艰困中对我的帮助，却是谁也难以替代的唯一。

恩师袁鹰 / 赵丽宏

今天上午8点，桌上的手机响起来，来电显示的名字：袁鹰赵成贵。这是照顾袁鹰的小赵的手机。我的心里一紧，打开手机，传来小赵悲伤的声音：今天早晨7点，袁鹰老师走了。

我拿着手机，呆呆地愣了好久，心里的悲痛，无法用言语表达。亲爱的袁鹰师，你真的走了吗？我和他交往五十年了，多少难忘的往事，在心里浮现。

五十多年前，我还是崇明岛上的一个下乡知青，因为热爱文学，多次给《人民日报》副刊投稿，引起了副刊主编袁鹰的关注。他发表我的习作，经常写信鼓励我。袁鹰师是散文大家，我少年时代就喜欢读他的文章。那时，做梦也不敢想，我这样一个生活在最底层的下乡知青，会有机会认识袁鹰，我那些在油灯的微光下，在粗糙的稿纸上写成的稚嫩文字，会引起他的关注，能发表在《人民日报》上。第一次收到袁鹰师的信时，我几乎不相信自己的眼睛。他在信中告诫我："要多读书，多体验生活，不要急着写。要多看多想，然后慢慢写。"这样的鼓励和指点，犹如温暖的灯光，在灰暗中照亮了我眼前的路。

记得是1975年春天，袁鹰师来上海组稿，他专程来崇明岛看望徐刚和我。那年，我才23岁，还是个未出茅庐的文学青年。面对我敬仰的文学前辈，既紧张，又忐忑。袁鹰师拉着我的手，笑着说："哦，你就是丽宏，这么年轻啊！"他的真诚随和，消除了我的紧张不安。袁鹰师离开崇明岛时，我陪他一起乘渡轮去上海。在船上，我们站在甲板的船舷边，面对着浩瀚的长江入海口，说了很多心里话。对时局的担忧和憧憬，我们有相同的看法。他询问我在乡下"插队落户"的生活，问我读过一些什么书，也谈到了他年轻时追求文学、参加革命的往事。他说话时亲切的态度，就像是面对一个老朋友，没有一点架子。那时，我觉得自己前途暗淡，情绪有点低落。袁鹰师大概发现了，微笑着安慰我说："你的人生还刚刚开始呢，要看得远一点。"我们说话时，江面上有海鸥盘旋，可以听见它们欢悦的呼叫，还有翅膀拍击波涛的声音。袁鹰师看着在水天间翔舞的海鸥，意味深长地对我说："你看，天高水阔，可以自由地飞。"

1976年10月，粉碎"四人帮"后的第一时间，袁鹰师约我和刘征泰写报告文学，采访上海各界人士当时激奋欣喜的心情，写成报告文学《旌旗十万斩阎罗》，在《人民日报》副刊以整版篇幅发表。1977年恢复高考，我考入华东师大中文系，袁鹰师来信祝贺我，并希望我上了大学不要放弃文学创作。在校期间，《人民日报》大地副刊发表了我的很多作品，有散文，也有诗。一次，《人民日报》编辑解波来学校向我约稿，她带来了袁鹰师的问候，她告诉我，大地副刊要新设一个短散文栏目，反映社会新风尚。我在大学的教室里写了散文《雨中》，写生活中的一件小事，表现人性的善美。解波把这篇散文带回北京后，作为大地副刊新设栏目"晨光短笛"的开篇，发表之后，被广为转载，还获得当年《人民日报》优秀作品奖。《雨中》后来被收入语文教材，三十多年来，曾收入国内十多种中小学语文课本中，这也体现了大地副刊巨大的影响力。

大学二年级时，去北京旅游。袁鹰师知道我来北京，在东来顺饭店请我吃饭，那天被邀请的，还有徐刚和周明。周明来得晚一点，他进门就笑着说："哈哈，《人民日报》文艺部大主任，请一个大学生吃饭，我们来作陪！"大学四年级时，我的第一本诗集《珊瑚》出版，我写信请袁鹰师作序，他一口答应，很快寄来了一篇饱含深情的序文，这篇以第二人称写的书信体序文，没有一点长辈的架子，亲切如挚友谈心，不仅分析评论了我的诗，给我很多鼓励，也指点了我未来的方向。

袁鹰师每有一本新出版的书，都会签名后寄给我。我的书架上，有他送给我的二十多本书：《风帆》《横眉》《玉碎》《袁鹰散文六十篇》《袁鹰儿童诗选》《秋风背影》《滨海故人》《一方净土》《灯下白头人》《江山风雨》《袁鹰自述》《生正逢辰》……袁鹰师有很多名作广为传诵，还被收进中小学的语文课本，我小时候读过他的《时光老人的礼物》，还有那篇著名的《井冈翠竹》。有一次我去看他，他拿出一本新出版的高中语文课本，笑着对我说："我们在语文课本里做了邻居！"这一册高三语文课本中，我的散文《三峡船夫曲》和袁鹰师的《筏子》被收在同一个单元中，他在前，我在后，他写黄河，我写长江。能和袁鹰师做这样的邻居，我深感荣幸。

袁鹰师退休后，我们的交往比以前更多。每年春节前，他都会寄贺年卡给我，贺卡上有他的照片，还有他的题词。寄贺卡的风俗被抑制后，我每年收到的为数不多的贺卡中，一定有袁鹰师的与众不同的贺卡。每年三月我去北京开会，总要邀请北京的文坛好友聚一次，袁鹰师每次都来，而且总是第一个到。见面时他拉着我的手笑声朗朗："丽宏，你看，你请客，我总是打先锋！"来聚会的朋友中，还有从维熙、陈丹晨、鲁光、刘心武、肖复兴、张抗抗、梁晓声、朱永新、李辉、罗雪村等，袁鹰是长者，坐在我们中间，亲切地笑着。座中人人都得到过他的帮助，大家从心底里感激他，尊敬他。

袁鹰师一直关心着我的创作，知道我出新书，他会在电话里祝贺我。一次，我发表了一篇回忆第四届中国作协代表大会的文章，文中所述和事实有出入，他来电话说："你记错了！"我惊异于他的细心，也感到惭愧。在对待写作的态度上，袁鹰师是我的榜样。退休后，他没有放下手中的笔，一直在思考，在写作。他那篇评述陈独秀的长文，给了这位革命先驱公正的评价，也把很多不为人知的历史真相呈示在世人面前。他对《红楼梦》研究批判和电影《武训传》批判的回顾和反思，他写的《讲真话：巴金老人留下的箴言》，都是振聋发聩的肺腑真言。他在反思历史，揭示真相的同时，无情地解剖自己的灵魂，那种真诚正直的态度，震撼人心。

2017年，静安区图书馆为我建一个书房，我请袁鹰师为我写一幅字挂在书房里。袁鹰师很快寄来了他的题词，他在题词中这样写："先贤曾将'门对千竿竹，家藏万卷书'作为人生追求的美好境界，常为之神往。多读书，读千万册好书，有助于冶炼灵魂，使灵魂更纯洁，得到升华，才可能为社会做出贡献。"和他的题词同时寄来的，还有一个镜框，里面装的是李大钊的一副对联："铁肩担道义，妙手著文章。"这是袁鹰师喜欢的一幅字，原本夹在他的书桌玻璃台板下面，他专门请人用宣纸复印装裱后送给我。在镜框背后的木衬板上，袁鹰师用毛笔写了这样一段话："大钊先烈早年所作赠人小联，记不清最早从何而来，一直将此联拍成小照放在玻璃板下作为警策。现在制成此件，敬赠丽宏老友书斋补壁，长留纪念。"这两幅字，挂在我的书房里，我每次去，都要静心看一下，这是恩师语重心长的嘱咐，也是我们师生之谊的珍贵纪念。

最近三年，无法去北京，和袁鹰师很久没见了。2021年袁鹰师生日临近时，我想让他高兴一下，撰了一副对联："袁师德高堪比万山寿，鹰腾志远可摘九天星"，把"袁鹰"和"寿星"嵌在对联的首尾。我用毛笔书写，把对联裱成立轴，快递到北京，并在网上为他预订了鲜花和生日蛋糕。袁鹰师生日那天，小赵把这副对联挂在他的床头，为他点燃生日蜡烛，袁鹰师很高兴。小赵拍了照片寄给我，袁鹰师躺在床上微笑的样子，让人欣慰。近两年，他体弱病重，住进了医院，电话交流也中断了。我只能通过照顾袁鹰师的赵成贵，了解袁鹰师的近况。我想念他！今年6月，我终于有机会去北京，到协和医院去探望了袁鹰师。他已经不会说话，我站在病床前俯身大声喊他，问候他，对他说话，他只是以沉静的目光凝视着我。我忍不住哽咽流泪。他的眼角也涌出了泪水。看护他的护士告诉我，他听懂你的话了。

　　这半个世纪来，袁鹰师一直关心着我，成为我终身的师友。他主编的大地副刊，曾发过我的多少散文和诗歌，已经难以计数，每篇作品的发表，都有让我难忘的故事。在我心里，袁鹰的名字，就是"大地"的化身，他是我的恩师。而和他的名字连在一起的大地副刊，是我写作生涯的起步之地，也是我的福地，她接纳了我，哺养了我，使我在风云变幻的时世中成长。和袁鹰师的交往，让我真正懂得了文人之间的真诚、平等和互相关心，应该是什么样子。

　　此刻，已是午夜，袁鹰师正被满天繁星和清朗的月光簇拥。亲爱的袁鹰师，天堂在迎接你，请走好！

2023年9月1日深夜于四步斋

他步入了自己建造的天堂 / 叶廷芳
——悼史铁生

二〇一〇年的最后一个早晨，接到的第一个电话却是一个意想不到的噩耗：我的年轻朋友史铁生因患脑溢血突然病故！我一时蒙了，半天说不出话来！结识铁生的近二十年来，几乎每年春节前后都要去看望他。鉴于再过四天（一月四日）就是他的花甲大寿了，拟在元旦期间前去祝贺。真没想到他就这样匆匆地离开了我们！怎能不令人格外悲痛和遗憾。

铁生这一生过得很沉重，但也活得很尊严，很充实。他曾不止一次遭到命运的残酷袭击，一再被命运推入地狱，他也一再奋起和命运进行了勇猛的搏斗，一再把命运击退，最后成了我们时代的强者，成了一名优秀的作家和作家队伍中少有的思想者，从而受到广大读者的喜爱和崇敬。

铁生原本有壮实的体格，很高的天赋，却生不逢时，在清华附中还没有读完初中，就被那股"接受再教育"的浪潮席卷到延安农村"插队"。凭着青少年的单纯与时代氛围，他并不拒绝这样的"教育"。谁想到正当他青春焕发的年龄会祸从天降：一场病魔的突袭使他的下肢截瘫了！这时他才二十一岁，从此他终身与轮椅为伴！就像当年贝多芬发生耳聋时一度情绪低沉，甚至给亲属写下遗书那样，还没有掌握任何职业手段的史铁生也避免不了这一心路历程，就在他与地坛相依相伴、忧伤、落寞的那些岁月里，死神就曾企图靠近他。但恰恰是这一时刻，成为史铁生命运的转捩点，就是说他在与死神的对话中，对生与死的问题进行了深层次的哲学思考，并且得出结论：人生的价值在于超越那种低层次的生物欲望，升华到高层次的精神追求。这时我们从史铁生那里仿佛听到当年贝多芬那一声惊天动地的怒吼："我要扼住命运的咽喉，不让他毁灭我！"于是残疾"知青"史铁生遁入历史的帷幕，而作家史铁生则呱呱坠地了！从此书写成了他的职业，不，使命！他让书写忠实记录着他的每一个难忘的记忆和严肃的思考。由于当年他插队的真诚，"使后来的写作获益匪浅"，"那些艰苦而欢乐的插队生活却总是萦绕在我心中"，使他所写的内容总是那些"从心中流出来的东西"，因而具有格外感人的力量。无怪乎他的早期作品诸如《我与地坛》《我那遥远的清平湾》等一问世，马上就引起热烈的反响，使他一举成名。

然而命运一直对他穷追不舍，用他自己的话说："恶浪一直在他脑际咆哮。"就在他顺利地写出第一批出色的散文和短篇小说以后不久，一个更大的浪头打了过来：令人骇然的尿毒症！且不说医生的那句咒语：此病若治疗得当最多可活二十年！而所谓治疗，每三天一次的透析，只是手术后的第一天身体稍感轻松，可以写写东西。可第二、第三天则越来越难受。然而就在这样恶劣的境遇中，铁生依然顽强地坚持写作，至二〇〇六和二〇〇七年先后出版了两部重要的长篇小说，即《我的丁一之旅》和《务虚笔记》。而这两部著作都是思考型的、较抽象的作品。它们没有像前面提及的他的散文和短篇小说那样好评如潮，但这并不说明它们不够档次，恰恰相反，是评论家普遍够不上它们的档次，人们只能望而却步，或浅尝即止，或且战且退。这不奇怪，试想，我们队伍中有谁像书中的"我"那样，对于当代人的生存境况，对于生命的真谛尤其是"生"与"死"这个永恒的命题，进行过这样锲而不舍的追问？有谁像此书的作者那样，在形而下的地狱深处滚了一次又一次，在死亡的边缘走了一圈又一圈，从而在形而上的境界跃上一层又一层？难怪铁生批评"中国文坛的悲哀常在于……作家的危机感多停留在社会层面上，对人本的困境太少觉察"，他们"从不问灵魂在黑夜里怎样号啕"。这里涉及的实际上是现代哲人们，首先是存在哲学的思想家们所关注的主题，即个体生命的存在形式和过程。

但与致力于"阐述"这个过程的存在哲学家的书写方式不同，史铁生的书写特点是"描述"这个过程。而在描述他的思考过程方面，他追求一种"有意味的形式"，一种可意会而不可言传的况味。因此他不把他的思考过程写得一清二楚，明白无误，而是躲躲闪闪、似有若无、似是而非，造成一种猜谜式的审美效应。用他自己的话说："叙事的浑浊，况味的甜美。"怪不得他抱怨有的爱揭谜底的心理分析评论家，"这样发展下去人还有什么谜可猜呢？而无谜可猜的世界才真正是一个可怕的世界呢"。就像存在哲学家们大多善于将玄奥的哲学思考化为书写的审美游戏，史铁生也热心于将他的生命伦理的思辨编织成猜谜式的"好玩"。可以说，谜语效应乃是史铁生长篇小说的主要美学特征和艺术魅力之所在。有的读者甚至批评家一见"晦涩"就不肯细心琢磨，弃书而去，不免可惜了！

纵观史铁生的一生，用得着尼采的那句名言：只有经历过地狱磨难的人才有建造天堂的力量。这句话在卡夫卡那里也引起回响：只有那来自地狱深处的声音才是最美妙的歌声。史铁生在创作上取得的非同凡响的成就，正是他用生命建造成的天堂。让我们列队护送他步入这庄严的、象征精神财富的天堂吧。

活在记忆中的先生 / 方宁
——怀念任洪渊先生

即使到了今天,任洪渊先生已经复归于尘土,我却依然难以相信他的离去。在这个庸碌且拥挤的世界,晚年的先生其实正如他的中青年时期,始终沉浸于喧嚣难以抵达的边缘处。一个曾经为这个世界留下了诸多似乎一时难以索解的文字的人,却从来没有放弃过以自己的思想和生命,来坚韧地表达他沉浸已久的哲学和淬炼一生的诗歌。他在冷清的思考中所写下的激扬文字,或许一时难以说服或影响普遍意义上的大众及听者,但是先生的执念如一却令许多同道不能不为之肃然。

我是先生长达四十一年的学生,在二十世纪七十年代末的大学本科阶段,他是我们这届学生公认的"诗人哲学家",作为一个教师的身份,倒反而退居其次了。那个时候,先生四十岁出头，还怡然地过着单身生活，住在距离教室不远的一间小屋里——狭小、幽暗，却是最能吸引我们这些学生的乐园。先生时而沉静，时而健谈，往往会因人而异，尤其是在涉及他所感兴趣的话题时，声音立刻变得高亢起来。

有一次，新一期的《诗刊》到了，那个时候的刊物少，随便一本文学杂志，都能有动辄上十万、上百万的发行量，每期新刊一到，立刻成为大家争抢的对象。而在这一期《诗刊》上，我们居然看到了署名"任洪渊"的一组诗，而且题头配着一张诗人英气逼人的肖像，在我的印象中，似乎是用铅笔画的速写。那个时候，一个普通教师能让自己的作品登上《诗刊》这座全国最高的诗歌"殿堂"，那种荣耀，远非现在的人们所能想象。更何况那幅传神的肖像画又为他增加了诗以外的魅力！我们在一起观赏并议论着那幅肖像，在这个时候，似乎他的诗写的什么内容都已经不重要了，重要的是眼前的这个活生生的人！先生以他惯有的俏皮语气说："感觉怎么样？拿着它，是不是可以去谈一场恋爱呀！"说完，我们都禁不住哈哈大笑起来。

二十世纪八十年代，在我们的生命中，有太多值得记忆的东西，都是时代留下的印痕。而任洪渊先生，从我最初认识他的那个瞬间，就让我的八十年代开始具有了独特的意义。我们在一起讨论过很多的话题，当然，大都是先生主谈，从康德"头顶的星空到心中的道德律"到解构主义大师德里达，从杰姆逊的《后现代主义与文化理论》到余振翻译的《莱蒙托夫诗选》，先生是一个领悟力很强且自视极高的人，很少人能入他的法眼而不被调侃或针砭。他的俄语很好，据先生自己说，甚至超过很多俄语专业的人。有一次聊起我正在读的《莱蒙托夫诗选》，先生对余振的翻译很不以为然，摇着头说："他那个译本不行！将来我要重新翻译莱蒙托夫！"

他不仅是一个诗人，也是一个对理论有着极高敏锐度的学者。对于那些在二十世纪八九十年代陆续进入中国的西方理论家，先生开始大都是报以通常难得的首肯的。比如说起德里达，他的语气中对之怀有发现新大陆一般的景仰，我第一次从他那里知道了所谓的"解构主义"理论。杰姆逊那本后来走红我国学界的《后现代主义与文化理论》小册子，他一开始就注意到了，并如获珍宝地向我推荐："你该看看，杰姆逊那种理论的穿透力！"

八十年代初，在中文系举办的一次学术论坛上，先生在台上激切地阐释康德哲学与美学，语气像在述说他自己的思想。规定的时间到了，他似乎还没有完全进入正题，在起身与留下之间，气氛顿时显得有些尴尬。那一刻，先生定了定神，意犹未尽地说："我的时间到了，我必须下台！"显然，他留给在场的所有学生一个强大的思想背影……

也正是从那次开始,我成了他那间小屋里的一个"常客"。

历史刚刚进入改革开放的新时期,"思想解放"正在从一句时兴的口号变成各种政治与学术的实践运动。而先生一开始就是带着自己的声音参与了新时期的文学艺术重建的,他让我们看到的是文学的真正魅力。在课堂上,他所表达的每一个观念、每一种思想,都生长在他对于历史、文化与自然的独特感受之上。在他那里,几乎全部的知识都可以找到现代与古代思想的交汇点。

一九八八年,我有幸成为他的第一个硕士研究生,那时他刚刚得到副教授的身份。对于已经进入中年的先生而言,这种所谓的"资格"来得有些太晚。先生在北师大的校园里,沿着自己的轨道去构筑内心的宇宙,他自己就是一片独特的风景。

读研的三年时间转瞬即逝,在我的印象中,先生每次上课,对象都只是属于不同导师的寥寥三两个学生,大家任意探讨,从不设疆界。当然,此时的先生,已经逐渐地将他的视线延伸到了中国古老文化与思想的深层矿脉之中。他愿意阐述自己最近思考的兴趣点而绝不会勉强学生跟着他的方向走,但既然是任洪渊的学生,大体方向总还是需要贴近"诗"的。

当我将自己的论文题目(《模式的重构与解体:1986—1988中国实验诗运动》)报给他的时候,开始却遭到先生的反对，他的理由很直率："这三年的实验诗本不值得为它作论。"而事实上，能入先生法眼的诗及诗人，在中国当代文学中似乎还没有诞生，而论文答辩的时间已经日渐临近。

让我深怀感念的是，先生对于我的论文选题，反对归反对，但是到了关键时刻，他还是同意了——"先写出来再说吧！"先生去世后，为了写这篇怀念的文字，我特意翻看了那段时间的日记，当时的情景，立刻重现眼前：

上午九时开始进行硕士学位论文答辩，主席：蓝棣之；委员：刘锡庆、任洪渊、李复威、蔡渝嘉。记录：傅琼。经蓝棣之主席宣布，答辩会开始。先由任导师介绍我的情况，他于是从在北师分院与我的交往及印象谈起，直至论文答辩当天。评价颇高，令我汗颜。导师讲后，即由我向各位委员汇报论文的基本情况。我即按照昨夜构想的提纲展开来谈，从任导师不住的点头和微笑中，我感到他很满意我的这番论道。终于，他借着补充发言夸奖了我刚刚的陈述，认为"很精彩，如果能融到论文中去，那就非常好了"！于是各位委员开始对我实施"问题"轰炸。刘、李、蓝提出的问题都处于我所能把握的范围，虽心怀忐忑，却不失平静。但任导师却坐不住了，先我而起反驳质疑，他难以抑制的激昂，恰似一个斗士，而此时的我，却成了一个十足的旁观者……

当然,事情最终还是按照规则回到了正常轨道,而导师的举动,却成了此次答辩的一个意外花絮。我回到家里,记下当天的答辩过程之后,发了一段感慨:"先生的举动,让我今生难忘,他的奋不顾身,真是太可爱了!"

这些年和先生有过几次电话长谈,他开始构想着在老家四川邛崃建一个书院,据说有一位素仰先生大名的商人愿意出资兴建,但因为经济环境的改变而没能等到实施的那一天。又过了一段时间,先生与他在四川大学主政文学院的学生商量着,要在川大开办系列学术讲座,并由四川电视台播出,先生很高兴地邀我参与策划和主持,并约我找个时间去聊上一天。我知道,先生是一个充满激情的人,脑子里纷至沓来的想法太多,而一旦说起来,会瞬间进入忘我的状态,在电话中尚且如此,如果见面放开了说,一天怕也是聊不完的。所以一直期待着把手边的事情忙完了,有更多的时间和先生畅谈。

电话中的约定,因为庚子年突发的"疫情"而拖延了下来,当时还觉得我们今后有的是时间聊天,不必非要赶在有颇多禁忌的时候见面。

现在,轮到我深深地懊悔了!

我们太容易被时间和表象所欺骗，正如先生充满爆发力的激情，会让我们完全意识不到他已是八十三岁的年纪，甚至每次放下电话的时候，都丝毫不会感觉到这是一个正在走进生命暮年的老者！他的音调永远是昂扬和亢奋的，他给人的印象是永远年轻而充满激情的——正如八十年代初期一样。

在我的记忆中，先生的性格充满天真和孩子气，当然，他更爱惜自己的声望，有的时候会让我想起王朔在说起他逝去的挚友梁左的话："他对虚荣有一种孩子似的喜爱。"其实这也是一种真率！先生是一个天真的诗人，他的天真里，就包含了对于荣誉和声望的在意。但是，先生又是一介不谙世事的书生，他的价值观与世界观里，首先是以自己的看法与感受为中心的。所以当他说自己是"侧身走过同代人的身边"时，或许他就知道，自己的思想并不如他出发之时想象的那样，可以被人们广泛理解，可以在文学与诗的领地里开疆拓土。他一出场，年纪就显得有些尴尬——从辈分上说，他已经不属于新时期的那一代闪亮登场的诗人，甚至已经没有机会能够正面赢得历史的关注了。

当二十世纪八十年代刚刚到来的时候，他还可以模糊地从新时期众声喧哗之中跨越而过，有的时候甚至能成为一个独标高格的诗人。但是，他显然缺乏同时代那些年轻诗人的机运和声气相求的集体无意识。因此，作为一个特立独行的诗人，一个对这个世界有着自己深切感受与深刻看法的思想者，他注定会无辜而寂寞——他与这个世界始终保持着若即若离的状态。

他的天真，使他在处理与这个时代的复杂关系时，仅凭着一厢情愿的善念。比如在先生晚年去医院看病的时候，他也会带上自己的书，向一些对于思想和诗完全隔膜的医生，述说自己的想法。而在那些医生的眼里，这位病人的举动显得有些难以理解，无论是《墨写的黄河：汉语文化诗学导论》，还是《女娲的语言》，或是《任洪渊的诗》，在那些医生看来，都是另外一个世界的语言。

而这恰恰就是我最敬爱的老师，一个一辈子执守内心信念的书生。写到此处，我想起了俄罗斯诗人茨维塔耶娃说过的那句话："人在地球上的唯一使命是忠实于自己。真诗人总是他们自己的囚徒，这堡垒比彼得保罗要塞更坚固。"在这个意义上说，先生的确是一个真诗人。

举世滔滔中，唯愿先生不朽！

图书在版编目（CIP）数据

我想做一个能在你的葬礼上描述你一生的人.5／梁晓声等著.--北京：中国致公出版社，2024.4
ISBN 978-7-5145-2175-7

Ⅰ.①我… Ⅱ.①梁… Ⅲ.①散文集–中国 Ⅳ.①I26

中国国家版本馆CIP数据核字(2023)第196212号

本书部分文字作品著作权由中国文字著作权协会授权，电话：010-65978917，传真：010-65978926，E-mail: wenzhuxie@126.com。

我想做一个能在你的葬礼上描述你一生的人.5 ／ 梁晓声 等著
WO XIANG ZUO YI GE NENG ZAI NI DE ZANGLI SHANG MIAOSHU NI YISHENG DE REN. 5

出　　版	中国致公出版社
	（北京市朝阳区八里庄西里100号住邦2000大厦1号楼西区21层）
发　　行	中国致公出版社（010-66121708）
责任编辑	方　莹
策划编辑	赵荣颖
责任校对	邓新蓉
封面设计	主语设计
责任印制	龚君民
印　　刷	天津旭丰源印刷有限公司
版　　次	2024年4月第1版
印　　次	2024年4月第1次印刷
开　　本	880mm×1230mm　1/32
印　　张	7
字　　数	125千字
书　　号	ISBN 978-7-5145-2175-7
定　　价	45.00元

（版权所有，盗版必究，举报电话：010-82259658）
（如发现印装质量问题，请寄本公司调换，电话：010-82259658）